·周作人日译经典系列·

U0889474

浮世澡堂

插图注释版

[日] 式亭三马 / 著　周作人 / 译

北方文艺出版社

图书在版编目（CIP）数据

浮世澡堂 / (日) 式亭三马著；周作人译．-- 哈尔滨：北方文艺出版社，2018.5

ISBN 978-7-5317-4164-0

Ⅰ．①浮… Ⅱ．①式… ②周… Ⅲ．①长篇小说－日本－近代 Ⅳ．① I313.44

中国版本图书馆 CIP 数据核字（2018）第 004525 号

浮世澡堂

Fushi Zaotang

作　者 / ［日］式亭三马　　译　者 / 周作人

责任编辑 / 赵　平　赵晓丹　　封面设计 / 琥珀视觉

出版发行 / 北方文艺出版社　　网　址 / www.bfwy.com

邮　编 / 150080　　经　销 / 新华书店

地　址 / 黑龙江现代文化艺术产业园 D 栋 526 室

印　刷 / 北京朗翔印刷有限公司　　开　本 / 880×1230　1/32

字　数 / 165 千　　印　张 / 8

版　次 / 2018 年 5 月第 1 版　　印　次 / 2018 年 5 月第 1 次印刷

书　号 / ISBN 978-7-5317-4164-0　　定　价 / 29.00 元

目录

前编卷上

前编卷下

二编卷上

二编卷下

引 言

式亭三马的《浮世澡堂》，与十返舍一九的《东海道徒步旅行》原名《东海道膝栗毛》是日本江户时代古典文学中“滑稽本”的代表著作。

日本文学自古代以至明治维新（一八六八年），照例分作三个大段落。其一是奈良平安时代。日本皇室政府初在奈良，至八世纪末迁都至平安，即现今西京，直至十二世纪末，这一段落以建都地方为名，这是王政时期，政治文化都在贵族阶级的手里，所以这一期又称为贵族文学时代。当时发生和发达的文学最初是传说历史，长短和歌,随后是散文日记传奇，最有名的《源氏物语》五十四帖便是这时期的产品。其二是镰仓室町时代。这时皇室仍在平安，可是经过平源两家争权内战，政权下移，源赖朝推倒平氏，在镰仓建立幕府，以将军身份代行天皇职权，至十四世纪上半，经过南北之战，足利尊氏立为将军，幕府设在室町，直至十六世纪末才又改革。这四百年间发达的文学除和歌外,有讲打仗的军记物语，戏曲方面是摇曲和狂言，因为主权在于武人，所以称为武士文学时代。其三照例以幕府所在地为名，即是江户时代。德川家康把幕府设在远离京都的关东,避开贵族文化的薰染，又利用儒教钳制思想，一般对于人民压得更紧了，可是他一面又有办法对付诸侯，制定“参觐交代”，分封在外的军阀须得隔年到江户来，给幕府办事，这样便免去了尾大不掉的弊害，在德川治下起不了内战，这给将军很大的安心,同时国内平静，工商业发达，一般商民也抬起头来了。民间富庶，固然也使幕府更有搜括的机会，可是经济文化的实权逐渐落入平民的手中，他们依据了自己文艺娱乐的需要，创造起来，所以这二百多年间政治最是反动专制,可是这却是平民文学时代了。

关于江户文学的内容，我们又得分开来说，因为这中间又要分作上方文学与江户文学这两节。平安是日本旧京，大阪也就在京都近旁，所以京阪方面与关东相对，称作上方，即是上边的意思。德川时期的商工业发展首先是在大阪，所以这上期的文艺差不多是由大阪的商民主持的。武士是统治阶级，在政治上无论是怎么的骑在平民头上,但是到了手头空乏，要想向商人通融，虽然表面还不见得肯低头，可是商民却要昂起头来，对武士不大看得起了。大阪人的诨号至今叫作赘六,一说便是那时商人的夸口的话，说武士的弓箭甲胄刀枪这六件物事，在他都是赘物，是一个例子。文艺上的改革是,由俳谐连歌发生了俳句，谣曲变成了净琉璃，有近松门左卫门那么的巨匠来担任作剧，小说也由宫廷与战场的物语变为浮世草子，即是社会小说，井原西鹤的声名至今还独一无二。但是江户是幕府的所在地，虽然在京都人看来是东夷之类，却也不客气的繁盛起来,结果是接着上方兴起了它独自的文学艺术。戏剧于净琉璃外兴起了歌舞伎，绘画则脱离了汉画的派别，由浮世又平（即是口吃的又平）开创了浮世绘，自称是大和绘师，诗歌方面不但完成了俳句，还由杂俳蜕化出来讽刺诗川柳，到现在都还有生命。小说方面不去继承以前的系统，却从头搞起，从连环图画似的小册子起首，造成了各式各样的作品，总名叫作草双纸，滑稽本就是其中的一种。

“草双纸”这名称看去很有点别扭，据日本史家考究，说这该是“草草纸”。“草纸”古时常作书册解，平安时代有著名的随笔《枕草纸》，第一个“草”字意思是说粗糙的低级的，原意云妇孺所用的通俗书本，只因两个“草”字碰在一起不太好，所以把第二个字改作同音的“双”字了。这其中最先出来是所谓“赤本”，即是红皮书，在十八世纪前后早已出现，内容差不多都是童话故事，以图为主，空处写几句说明或说白，接着是“黑本”，书皮用黑色，加入些报仇打仗等材料，这是第一批。第二批是“青本”，本来是蓝皮书，只因青中带黄，所以又通称“黄表纸”，这也是画上加说，可是对象已由妇孺而转向大人了。这类书的第一种是恋川春町的《金金先生繁华梦》，系借用卢生的黄粱梦故事的，上下两册，每册五叶，图各十面。黄表纸的特色是内容的解放，取材很广，又一改以前黑本那种平铺直叙的写法，写得更有曲折，而且运用诙谐机智，说得更有风趣，投合时代的嗜好。那时吉原游里十分兴旺。黄表纸有许多便专来写那里的情形，称为“洒落本”。“洒落”本来是中国语，这里却有漂亮时髦的意思，便是说叙述时髦人的，因为篇幅比较长了，把纸张放大一点，于是在形式上称为“中本”，以别于那些小本子。从这洒落本里省去了“花街柳巷的事情”，只留存那些诙谐材料，结果即成为“滑稽本”，翻过来偏重那些男女情事，又另成功了一种别的小说，这名为“人情本”。代表著作有为永春水的《梅历》，春水原是三马的门人，《梅历》在近代一直禁止翻印，被当作江户文学中淫书之一。比中本更大一点的有“合卷”，是三马开始设计的，即是把从前的小本五册合作一卷，发行二卷一部，便有以前十册的分量，于发表长篇是很方便的。这之后又从合卷演化出“读本”，成为专门阅读的小说，图画只是绣像，成了附属品，这是一个很大的变化，可以说已经脱出了赤本等的系统了。

江户文学里的小说一类，不去直接学中国明朝的成绩，直截的搞起演义来，却是从头另起炉灶，这是特别的一点，同时又似乎和浮世绘的绘师相呼应，甘心自居于戏作，在名字上边往往加上“江户戏作者”的称号，也是很有意义的。德川幕府标榜程朱的儒学，一味提倡封建的三纲道德，文艺方面也就自然着重劝惩主义，这是很顺当的路子。江户文人虽然不曾明白表示，但对于政府的文艺方针的不协力是很明显的，自称戏作，可以说是一种消极的抵抗吧。从这个意义上来看，《八犬传》的作者曲亭马琴虽是有名，虽是目空一世，但其价值比山东京传或式亭三马总还不及吧。

式亭三马本姓菊地，名泰辅，抑或写作太助，安永五年（一七七六）生于江户，文政五年（一八二二）卒，年四十七。小时候在书店里当徒弟，得阅读当时小说书，二十岁时学写黄表纸，以后大抵每年都有著作，据记录所作约共有一百三十五部。

一　黄表纸及合卷，九十八种，

二　洒落本，五种，

三　中本滑稽本在内，二十一种，

四　读本，一种，

五　杂书，十种。

这些著作中间还以滑稽本为佳，其中《浮世澡堂》四编九卷及《浮世理发馆》三编六卷称最，足为代表。

关于三马个人，后世有不少记载，但顶写得好，也该顶可信赖的，应推《浮世澡堂》四编末尾的一篇跋文，署名的金龙山人即是三马的门人之一，后来以“人情本”出名的为永春水。其文曰：

“式亭主人者，予鸠车竹马之友也。性素拙于言辞，平时茶话尤为迟钝。故人称为无趣的人,且是无话的人。贾客而是骚人，背晦而又在行，居在市中而自隐，身在俗间而自雅。语言不学江湖，妄吐之乎者也，形容不仿风流，丝毫都不讲究。豪杰的结交，敬而远之，时流的招待，辞而不到。既非阴物，亦非阳气，不偏不倚，盖是中通之好男子也。偶对笔砚,则滑稽溢于纸上，诙谐走于笔下。呜呼，洒落哉，洒落哉！茂叔胸中，式亭腹内，恰如光风霁月云尔。花川户的隐士，金龙山人书。”黄山谷云，周茂叔胸中洒落，如光风霁月。这里拿来应用得恰好，虽然在日本语里洒落这字还可以有俏皮和爱打扮等的意味。

大 意[1]

窃惟教诲之捷径，盖无过于钱汤[2]者。其何故也？贤愚邪正，贫富贵贱，将要洗澡，悉成裸形，协于天地自然的道理，无论释迦孔子，阿三权助，[3]现出诞生时的姿态,一切爱惜欲求,都霎地一下抛到西海里去，全是无欲的形状。洗清欲垢和烦恼，浇过净汤，老爷与小的[4]都是分不出谁来的裸体，是以从生时的产汤至死时的浴汤[5]是一致的,晚间红颜的醉客在洗早澡时也像是醒人。生死只隔一重，[6]呜呼，人生良不如意哉。可是，不信佛的老人在进澡堂的时候也不知不觉的念佛，好色的壮汉脱了衣服，也按住前面，自知羞耻，狞猛的武士从头上被淋了热汤，也说这是在人堆里，忍住性子，一只臂膊上雕着眼睛看不见的鬼神的侠客，也说对不住，在石榴口[7]低下头去，这岂不是钱汤之德么？有心的人虽然有私，无心的汤则无有私。譬如有人在汤中放屁，汤则勃勃地响，忽然泛出泡来。尝闻之，树林中的矢二郎[8]那或者难说，凡为澡汤中的人，对于汤的意见可以不知惭愧么？凡钱汤有五常之道焉。以汤温身，去垢治病,恢复疲劳，此即仁也。没有空着的桶么，不去拿别人的水桶，也不随便使用留桶[9]，又或急急出空了借与，此则义也。是乡下佬，是冷身子，[10]说对不住。或云你早呀，让人先去，或云请安静，请慢慢的，[11]此则礼也。用了米糠、洗粉、浮石、丝瓜络去垢，用石子断毛之类，[12]此则智也。说热了加水，说凉了加热汤，互相擦洗脊背，此则信也。在如此可贵的钱汤里，凡是洗着澡的人,因了水船的升,净汤的桶，[13]而悟得随器方圆的道理，又如澡堂的地板那样，自己的心也常要摩擦，不使长诸尘垢。人生一世五十年，[14]即使有两回洗澡的人，也如澡堂的招贴所说，各人该有分别。[15]又如贴着的那样，有一心不足的万能膏，[16]虽然没有给傻子擦的好药，但是有走马的千里膏，给予鞭打的交情的无二膏。[17]如将口中散翻转过来，便是忠孝的妙药，使得两亲的安神散，[18]对于烦恼小心火烛，有似澡堂所定的规则。[19]心里如发起骄奢的风，家私就无论何时都要早收摊了。[20]五伦五体乃是天地所寄存，凡是携带贵重物品各位，因了酒色而神魂失落，与本店无涉，[21]从自己招来的祸祟，别人一切都不能管。名声利欲的吵架争论，喜怒哀乐的大呼小叫,均属不可。[22]如不遵守此项文告，则来不及洗末次的澡，说是已经拔栓了，虽是后悔去咬手巾，[23]也是无益了。盖世上人心等于澡堂的白虱,在善恶之间容易移动，从权兵卫的布袄移到八兵卫的绸衫，从乡下使女的围裙移到大家妻女的美服上去。昨天一件小衫脱在席子上面，与今天的夹衣脱在衣架上相等，富贵贫贱在天，善恶邪正乃所自召也。善悟此意，则人家的意见正如早晨的澡汤似的，很能沁透自己身子里去吧。一生的用心在于将身体收在包租的衣柜[24]里，灵魂上加了锁，不要把六情闹错，坚守约束，神佛儒行会的司事盖上牡丹饼大的印章云尔。[25]

维时文化六年己巳便于初春发兑，于戊辰重九动笔，照例赶写，至后中秋吃芋头，[26]乃成此屁似的小册。

在石町的寓居，
式亭三马戏题。

注　释

［1］本书原名《浮世风吕》。出口氏注引山中翁共古说，“浮世”本作“忧世”，乃佛教用语，后乃利用同音字改为浮世，意云现世。但因浮世绘等名称已经通行，所以不再改译。风吕云原意乃是风炉，但现已训作澡堂，不能沿用了。“大意”系原文如此，实在乃是小序，纯用游戏文章笔调，就澡堂里事物，像煞有介事的大肆铺张，一面学正经古文，夸张道德教训，一面却多用诙谐语，引人发笑，这是当时的一种风气，后世读者或者觉得单调也未可知，那么也可略去，或读至终卷后再看亦可吧。

［2］钱汤今用原文，意思也即是澡堂，只是原义略有不同。十六世纪末始通行钱汤，每人价永乐钱一文，故名。本书中已需要小钱十文，但仍袭用钱汤的名字，这与风吕及御汤二名通用。

［3］阿三代表使女，权助代表仆人。后者系通常人名，有如张三李四，阿三则别有来源，因贵家使女分有数等，有大奥，次，三凡三等，阿三系管理厨房汤水等杂役，地位最低，乃成为一般女仆的名称云。

［4］原文云“折助”，也是男仆的别称，今与上文老爷相对，所以意译为“小的”。

［5］原文云“汤灌”，谓用汤洗濯，灌字与灌佛字有关，盖是古语，日本限用于殓前的浴尸。

［6］醉客应云红脸，这里说红颜，乃是应用莲如上人的《白骨文》

中朝为红颜，夕成白骨之语。又昔时有俗歌，说陈列的剥制老虎云：老虎冲过千里的丛林，障纸只隔一重，真不如意呀！这里利用“障纸”同音语“生死”改写，是游戏文章的一样手法。

［7］见前编卷上注［31］。

［8］童谣中有云：说诳的弥二郎，在树林中放个屁。本文中说矢二郎，盖因同音改写了。

［9］见前编卷上注［21］。

［10］见前编卷上注［32］及注［33］。

［11］此系先洗毕出去时的招呼语，犹中国的请慢走。

［12］洗粉系古时澡豆的遗法，用谷类的粉加香料，装人布袋内，可代肥皂。丝瓜络亦用以去垢。石子系旧时风气，今已不见，乃是用二小石相敲，截断阴毛，云较用剪刀为胜。浮石见前编卷下注［120］。

［13］净汤见前编卷上注［13］。水船则是干净的冷水，供人取用，但不得使用洗浴的小桶，净汤用圆桶，水船则用升，系方形者。

［14］人生一世五十年，系佛教徒习用语，这里故意缠夹，拉扯到两回洗澡上去。

［15］两回洗澡，据出口氏注引山中翁说，旧时工人习惯，早上进澡堂一浴，洗脸后即出，至晚间再洗一回。这种人大抵早晨不给钱，所以澡堂揭帖云：“近年特别柴贵，凡两回洗澡的各位，务请将澡钱两回份一并带来。”

［16］万能膏以下都是在澡堂寄卖的药品招贴。出口氏注云：万能膏系治疗疮疖、创伤及皴瘃等的软膏，俗语有云万能足而一心不足，所以这里连续的说。

［17］“没有给傻子擦的药”系俗语，谓傻子无药可医。千里膏旅行时涂脚心，令人步行不疲，因千里关系连说走马。无二膏也是治皴瘃等病的，因无二而连说交情，又因上文走马而连说鞭打，也都是游

戏文章的旧作法之一。

［18］口中散系齿痛药，“口中”二字颠倒的读，音近“忠孝”。安神散系妇女血经病用药，此处连说两亲，安神即是安心。

［19］“小心火烛”系澡堂规则中语。这里一节多利用规则语作教训，据出口氏注引山中翁说，江户时代澡堂中所贴规则条文，大抵如下：

规　则

一官府所定法令须坚固遵守。

一火烛须要小心谨慎。

一男女不得再行混浴。

一风猛烈的时节不论何时均即关店。

一老年及病后各位不可独自前来。

一衣服各自留神。

一失物不管，一切均不寄存。

以上各条请求了解后入浴。

某月某日，司事。

［20］利用上文规则第四条，双关的来说教训话，骄奢的风也与条文有关。

［21］利用第七条失物，说到神魂失落，又与寄存品相关。

［22］出口氏注引山中翁云，这些在规则中虽不见，大概是另外贴纸禁戒的吧。

［23］系改写“噬脐无及”的成语。

［24］“包租的衣柜”见前编卷下注［46］。

［25］糯米稍加粳米，煮饭捣烂，外裹小豆馅，色紫黑，名萩饼，亦称牡丹饼，皆以象形得名。这里形容印章的大小，大抵是说直径一寸左右吧，虽然饼的大小没有一定的标准。司事是说澡堂行会的干事，出口氏注引山中翁说，当时澡堂行会共分十组，其下又分为小组

三十八，共计五百余股云。参考前编卷上注［123］。

［26］日本旧时称阴历九月十三日为后中秋，以毛豆芋栗祀月，这里从初九起手，至十三成功，那么这初编两卷就只在五天中写好了。民间相信吃蚕豆芋头，令人多放屁，故末行如此说。

浮 | 世 | 澡 | 堂

前编卷上

一 | 澡堂概况

五日之风静，则不挂早散之牌，[1]十日之雨稳，则不搁雨伞之桶。[2]每月的休息日静谧，[3]人心各浴恩泽，今日洗大扫除的澡，[4]去五尘之垢，明日洗小伙计的澡，[5]磨六欲之皮，无论何时总觉得在试初汤，[6]盖早晨浴汤的冷热正好，呜呼佳哉，噫嘻可感谢哉。这里有陀佛陀佛之僧，[7]那边有咕噜咕噜之俗，[8]有说行话称为塔落克[9]的男子，也有拉长说早堂[10]的女人。药店的小二，戏读作现金汤，[11]儒家的塾生，反误解为忍冬汤，[12]此盖易读难解之类欤。坠簪于女澡堂的汤桶[13]中，则舀热水的男子如滑川[14]那么样去寻找，一名十文的孔方，[15]青砥亦所不惜。小孩八文，连同伴当十六罗汉，虽有偏袒右肩，[16]出浴而着浴衣的颜世，[17]而当时的师直[18]其人却亦不去窥觑女堂。男汤不孤，必有女汤为邻。[19]主人宾头卢尊者，在借给摸脸的米糠袋的时间，[20]打拍板通知留桶，[21]斜眼去看女汤，不知道膏药的熔流，[22]但既知男女不同澡堂，夫妇有别，则妻子光明皇后[23]乃代而为女汤的掌柜焉。在桴炭的火盆上采取糠油，[24]绞干借用手巾的水滴，却不让极老人与恶病人入浴，[25]虽无阿闳佛的出现，但或当有千手观音的爬出上边欤。[26]洗粉的袋阵阵有香，[27]穿彻下人的鼻孔，澡堂的壁咚咚作

凡例

响，[28]叫醒舀热水者的睡梦。或呀呀的啼哭，或哇哇的骚扰，或云水热则反说温凉，或说加凉水则叫唤勿加。在吵成一片的澡堂中间，亦有从容唱着《枕丹前》，[29]大模大样地跳进池里的裸体，也有伸着脖子说摔跤的一段书，[30]做出摔跤的进场的身段而出来的人。这里显得可怜的，在石榴口[31]颤声说着“冷身子”而出现，可是又有说“马来马来”的人，却并不是意外的阔气。[32]“喂，出来了，小孩子，小孩子”，这样说的乃是呻吟河东调的老头子，向来以洗澡费工夫著名，说“对不起，是乡下佬”的却是爱好小调的江户子，[33]只是霎地洗一下，把手巾浸湿便罢的。那么长时间和短时间的洗澡，也正是菜蔬店的廊沿下，[34]松坂音头的脱板的腔调，只配新下来的店伙去听，长啊短啊都不如意，有点儿尖声的漫吟，则是呀吧喂的帮腔吧。有带咬带嚼的说“娘玛弥伽佛”的，也或有人脱口吐出“法莲陀佛”。有人转着嘴巴笑道“呵呵轰”，或乃用鼻子喷出云“呼呼哼”，相反的乃用粗大声音，自己告白曰，此是唐山金银的金山之麓。[35]有抱着头呻吟的，也就有拍着屁股高谈的人，有举起一只脚的吟咏的，也就有张开两股踏着高唱的人。在坐的立的中间，也有躺着在嘴里铮铮地弹着三弦的，还有蹲在汤桶旁边的，没有技艺的猴子在说着玩话。神祇释教恋无常，[36]都混杂在一起的澡堂，地点在哪里虽是不能确定，时候是九月的中旬，时已天亮，澡堂还未开门。

早晨的光景

二 | 瘫子豚七

早鸦的声音 ："呀，呀，呀，呀！"

早晨小贩的声音 ："纳豆，纳豆！"[37]

人家打火的声音 ：咯，咯，咯，咯！[38]

此时开幕出现来的乃是一个三十多岁的男子，睡衣上面系着细带，里面的衣裾拖了下来，几乎盖住了木屐的屐齿，像是用油煎过了的一条手巾，耷拉着挂在肩头上，手掌上搁着盐，用右手指擦着牙齿，仿佛虫在爬走似地走上前来，这乃是所谓瘫子的病人，名叫豚七。[39]

豚七 ："啊呀，还还没有开，没开，没开么？睡睡早觉的家伙！"独自说着话，走到门口，高声怪叫 ："伙伙计，伙计！还不起来，还不起来么？太阳太阳菩萨起来，起来得把屁股都要晒焦了！喂，喂，伙计！——啊呀，啊呀！啊呀呀！粪粪，粪踩了，粪踩了！咦，咦，脏得很！"

回头对睡在旁边的狗说 ："是你，是你吧？坏东西呀，是你吧！纳塔多得，[40]粪踩了，粪踩了！喂，这畜生，这畜生！"一边骂着，把牙粉的唾沫向狗吐过去，蹒跚的站立不稳。

七
五
四
男湯

二十二三岁的男子，前额拔去头发，鬓角剃齐，梳着妈妈髻儿，[41]布手巾上随处有着胭脂口红的痕迹，[42]搭在肩头，牙粉袋中插着牙刷，塞在丁字髻内，[43]裤子团作一起挟在胁下，穿着睡衣走来。

从对面横街里出来一个二十岁多的男子，前额显然是近时拔过，只是带子和木屐显得注目，稍为歪了头用牙刷刷着臼齿，在吐唾沫的时候，把手巾掉在地上了。这边的男子甲看见了，笑着说道：

“浑蛋，手巾掉了！为什么那么胡里胡涂的？”

乙用木屐的后齿定住，骨碌地转过身子去，拾起手巾来，又去看自己背后的带结子，在狗身上绊了一下。

狗叫：“汪，汪！”

乙：“畜生！死躺在讨人嫌的地方！”

甲：“怎么？是你自己讨人嫌，正是活该！”

乙：“别妒忌人吧！这家伙披上了凤凰的衣服。[44]——什么，澡堂还没有开门么？真是一班睡早觉的家伙呀。喂，可不是欺人么。你想是什么时候了？卖纳豆的已经第二次上街，这时候卖金时豆[45]的也就要来了。——啊，手巾给我看！带着胭脂，……哼，真是现世报，从那地方[46]去抢了来！”

甲：“算了吧，别说叫人生气的话了！要是男子汉，也去拿一条吧！哥儿不是一样的哩！”[47]

乙：“当然不是一样嘛！如果没有眼睛鼻子，可不是同擦山葵的板一个样儿的脸么？那正可以从铁头鱼那里，去收头钱来么。”[48]

甲：“这浑蛋！”说着玩话，把乙往沟板[49]上一推。

乙："呀，狗矢！啊！"赶紧跳开。"谁已经踩过了。"

豚七："刚刚才是我踩了。"

乙："是你踩了么？本来不踩也行嘛。这真是多余的事情呀。"

豚七："就就是多余，已经踩了，是是没有法子的事。喂，木屐塔塔得塔拉……"[50]

甲说："说的什么，一点都不懂。喂，你的毛病也真是麻烦。还没有好么？"

豚七："什什么，好了，好了。不不碍，不碍了！这这个样子，看这个样子，不碍了。"说着话两只脚踏给他看，蹒跚地要跌倒，勉强支持住了顿着脚说："这这个样子，脚已经不碍了！前几天本所的伯母，伯母那里火火烧了。我跑了去了。帮忙，帮忙，我很多帮忙。伯母称赞了，伯母称赞了！"

乙："她称赞怎么地说？"

豚七："她她说不碍了，说不碍了。那么该到赞岐的金毗罗[51]老爷，金毗罗老爷那里去，去谢谢去。"

乙："你还是信仰那堀内老爷吧。你还没有真好哩。那是危险的呀。"

豚七："堀内老爷，领得贴用神符，[52]说得很难得的。塔塔得耶达契，[53]南无妙法莲华经，南无妙法莲华经，题目题目，[54]念三百遍，三百遍。"

甲："题目念三百遍是太少了。"

豚七："早早，早饭前呀。题目，说不是空肚念是不行的。——我的阿妈，疼我，疼我。了不得，了不得的，非常的爱我。浅草的舅父，讨讨厌我，说做和尚去吧，说做和尚，做和尚。”

乙："做和尚倒好，你还是听舅父的意见吧！”

豚七："不，不，阿妈不答应。我，将来做新郎，新郎哩！不得了，不得了！那个，那个。”

甲："做武士去么？”

豚七："是两刀，两刀呀！[55]不得了，不得了！喂，脚是这个样子，不不碍了，不碍了。”把蹒跚的脚在沟板上顿了两三下，这时候澡堂的门向里边开了，豚七踉跄的去靠着大门，却站立不住，随着那门噔地一下，仰着倒在门内地上了。

甲乙："啊，危险危险！”

澡堂的伙计大吃一惊，从台上跳下来，和甲乙二人一同将病人抱起。这时候豚七只是仰卧着，睁着眼睛看着众人。

伙计："什么地方都没有受伤么？”

乙："你看！刚说着，就跌倒了。”

甲乙："哈，哈，哈！”

豚七："什什么，不碍的，不碍的！嘻，嘻，嘻！”苦笑着表示不肯服输，走到上边来。

伙计："各位，都早啊！”[56]

甲乙："嗳。”

乙："早觉睡得好呀。”

伙计："嗳，昨夜睡得迟了。”

甲："这很可疑呀，伙计！”

乙："是去看尼华加[57]去了吧？”

伙计：“嘿嘿嘿，要是那个那倒是好了。”拿了坐垫打拂钱箱，坐了下来。

甲乙脱去衣服，回顾豚七的方面。

乙：“别再滑了吧！——啊，冷呀！今早真是怪冷。”

甲：“是同行，是同行呀！[58]同行，同行！”跑步走去，进了石榴口，立即哼起小曲来：“这是——呀！”

豚七脱了衣服，狼狈似地用手巾按着下身，[59]拼命用心的看着前方，用了苍蝇拉车[60]似的脚步走着。

豚七：“好容易到了！”钻进石榴口去：“对不起，对不起！[61]——啊，热，热，这热真叫热！了不起！是石川五右卫门[62]，是石川五右卫门了！”跨进浴池，皱着脸，不服输的哼起曲调来：“啊，如今是在吉田町[63]呀，流连呀。”

甲乙：“阿唷，这才是豪杰呀！呀，是呀！哈，是呀！”[64]

豚七听了二人的帮腔，更加有兴头了：“喂，流连呀，流连呀喂！

三 | 隐居老太爷与地震

从外边走进来的是一个七十左右的隐居老太爷，[65]戴了头巾，穿着皮纸做的[66]背心，叫十二三岁的徒弟拿了浴衣，自己拄着拐杖，嘴巴兀自动着。

伙计：“老太爷，今天早呀！”

老太爷："怎么样，伙计？天气很有点冷了。"

伙计："是嘛。慢慢地气候有点儿变了。"

老太爷："不，不但是有点儿变了。——喂，鹤吉，你把鞋子都放好了！"一面把挂在耳旁的念球用手纸包好了："昨天晚上睡不着觉。而且那狗畜生，叫呀，叫呀！活到这么年岁，像昨晚那么狗叫的晚上，还不记得有过。这之后，总之一切都安排好了，坐在棉被上边，一口口地吸着烟，暂时想了一会儿，可是睡不着。这么也不对，想去巡视一遍家里的情形，拿了烛台前后一看，都没毛病。又回到原来的床上——咦，年轻人都是爱睡的家伙。我起来注意看了家里一遍，一个人也没有醒过来的。因为那么样，所以真是疏忽不得呀。——喂，鬓助，[67]你早啊！"

鬓助："嗳，老太爷，你早。昨晚的地震，那是什么时候呀？"

老太爷："那是什么。那之后过了一会儿打七点了，该是八点半吧。[68]九病，五七下雨，四干燥。"

鬓助："还有七金五水吧？"

老太爷："不，不，六八有风该知道。"[69]

鬓助："真是这么说的。我和魂灵的歌诀[70]弄错在一起了。难怪我觉得有点伤风的样子。"

老太爷："不呀，那是说刮风的事嘛！"

鬓助："啊，又弄错了。因为说是九病，所以我想六八是要伤风吧。——啊，危险！"随即进到浴池里去了。

四 | 门前的行商和讨钱的

这之后，通行的人多起来了。

卖牙粉的："梅红散，药牙粉，治口内一切，梅红散！"

甲："蛤蜊肉呀，花蛤的肉！"

乙："黄酱，金山寺酱，粗酱油！"[71]

丙："腌菜，酱脆瓜，腌辣椒！酱脆瓜要么？[72]

丁："有差使么？伊势屋要么？"[73]

戊："有差使，有差使么？有空酒瓶没有？"[74]

敲木鱼的和尚："南无阿弥陀佛，南无阿弥陀佛。"——剥剥，剥剥！

伙计："给布施吧！"给予布施。

和尚："南无阿弥陀佛，南无阿弥陀佛。伏以今日之功德，愿祖先代代，一切阴灵，证大菩提。南无阿弥陀佛，南无阿弥陀佛！"——剥剥，剥剥！

弯腰的尼姑两个人同来，摇着铃铛：丁零，丁零！

伙计："给你吧。"

尼姑："嗳，多谢！娘玛弥伽佛，娘玛弥伽佛。——西光师父，你的头巾似乎比以前都变新了。还是因为我的眼睛昏花了的缘故么？"

西光："这是因为什么呀，去年十夜念佛的时候，在德愿寺宿山，[75]端端正正的掉在我的旁边嘛。不知道失主是谁，我就捡了来着。因为我的头巾已经坏了，心想找到一点布片，来做一顶吧，老是这么想着，妙清师父，这该算是虔诚的好处吧。"

妙清："是呀，这真是如来老爷所赏赐的吧，西光师父。啊，娘玛弥伽佛，娘玛弥伽佛！——今天该是万宝屋打发的日子了。"

西光："可是，从如意屋那边转过去吧。"[76]

妙清："啊，腰可痛啊。"——丁零，丁零！撑着拐杖，挺着身子，把腰伸了一下。

野和尚[77]："老在这里的是稻荷神和福神！[78]嗳，和尚好久不来了，早上的和尚，整个的赚头！"[79]

伙计："不给，不给！"

野和尚："别这么说，请布施吧！整个的赚头嘛。嗳，一文钱！嗳，两个和尚一文钱！"

伙计："不给，不给！"

野和尚："不给，不给！"学着人家说话，提了水桶，往隔壁人家去了。

五 | 金兵卫和两个小孩

四十多岁的男子，名叫金兵卫，拉着六岁男孩的手，像要猴的似地背上背了一个三岁的女孩，小孩手里拿着竹制的玩具水桶，和烧料的小乌龟。嘴里慢吞吞地歌唱着：“好啊，好啊！呀，是了是了，来到了呀！汤汤[80]在哪里？阿哥啊，别跌跤呀！好好的看着底下走路吧。啊，好啊，好啊！啊，汤汤在这儿了！——喂，喂，腌脏呀，腌脏呀！[81]跳过了，跳过了。啊，脏得很，脏得很！阿哥是几乎踩了汪汪的腌脏了。宝宝是阿爹背着的，所以很好喽。”

背上的妹妹：“宝宝背着。”

金兵卫：“啊，啊，宝宝是阿爹背着，阿哥是走走。——喂，下来了吧。啊呀，啊呀，好等，好等！别跌跤，别跌跤！——喂，阿哥独自脱衣衣吧，宝宝的衣衣阿爹给脱。啊，手脱出来了！”

阿哥：“我已经脱了衣衣了！后边的，后边的千次郎，[82]你迟呀，你迟呀！”说着去向小孩的颏下呵痒。

金兵卫：“喂，喂，别闹了，别闹了！”

旁边的人：“啊呀，阿哥那里有小鸡儿，阿鹤却是没有呀！”

金兵卫：“嗳，阿鹤是掉了。嘿，嘿，嘿！——福助，这天气真晴得好久了。”

福助：“是呀，照这样子可不是丰年嘛。”

金兵卫：“是呀。——现在进去吧。喂，喂，阿哥，别滑了！阿鹤也不要把玩意儿掉了。嗳，这可行了。——福助，看这样子可是弄不下去了。一有了小孩，那就苦的要不得啊！”

源太：“是很好的乐趣嘛！”

金兵卫：“是很好的苦趣罢了。全不中用呀。——喂，看头，看头！小孩子，小孩子！”走进石榴口，用热水给两个小孩浇身子：“阿哥手够得到的地方都自己浇吧。那么，沙沙沙……啊，好了，好了！热得好嘛。”

德藏：“这个，金兵卫，在小孩们稍为有点热吧。”

金兵卫：“啊，德藏么，昨天你往哪里去了？那么的高兴着。”

德藏：“嗳，往王子去了。”

金兵卫：“哈哈，是海老屋么，扇屋么？”

德藏：“那么样算了倒是好了，可是我走过那田坂[83]去了！”

金兵卫：“照例是那今口巴屋么？[84]哈，哈，哈！那么的泡在里边……”

德藏：“叫对上点冷水吧。小孩们是，洗热澡洗怕了，便要厌恶洗澡的呀。”咚咚咚的敲打板壁，里边也咚的给了回答。“搅澡汤的时候，最好是叫那说倒橹的净琉璃故事的来干。现在各位，澡汤要溅起来了。呀嘘嘘，呀嘘嘘！”[85]用力搅动。

金兵卫：“嗳，嗳，多谢多谢！——现在进去吧。阿哥快点进去呀！”

阿哥：“阿爹，还热得很哩。”

金兵卫：“什么，哪里还会得热。那位阿叔特意给对了冷水的嘛。阿鹤是很棒的，啊呀啊呀，你看进来了。”

德藏：“连锅炉这边也温和了。已经行了吧。”咚咚的敲了两下。[86]

金兵卫："阿鹤很棒，很棒！"

阿哥："阿爹，我也棒！看着吧，进来了！"

金兵卫："啊，很棒，很棒！拿水桶舀这水吧，你看，沙沙沙！好玩得很，好玩得很。啊唷，啊唷，小乌龟游起水来了，啊呀，喂，哺哺哺的吸水哩。啊，好呀，好呀！阿哥好好地浸着，把身子暖和透了。"

阿哥："嗳，好好地浸着，金鱼和红鲤鱼会得出来么？"

金兵卫："当然会得出来，会得出来。哭起来呢，水虎[87]要出来的。啊，可怕得很。不，不，水虎别出来。阿鹤是聪明的，所以不会得哭。是吧，不哭吧。"

阿哥："我也并不是脓包呀。"

金兵卫："啊，啊，阿哥也棒！——喂，耳朵边上不要积着油泥，那么闭着眼睛吧。还有鼻子底下也打扫一下，别让有虫子咬着，啊，现在成了乖孩子了。人家的叔叔都要称赞了。喂，舌头拖出来！现在成了乖孩子了！啊啊，咳嗽起来了。呀呀，阿爹真不好，因为太多洗了舌头了。肚肚上面有热热，[88]现在不洗了。热热是谁给做的呀？"

妹妹："阿妈！"

金兵卫："啊啊，阿妈么？讨厌的阿妈，给她打打吧？给可爱的宝宝做了热热的。"

妹妹："阿妈，打打！"

金兵卫："嗳，嗳，给阿妈打打吧。"

阿哥："阿爹，出去吧！"

金兵卫：“不，还要再暖和一下子。”

阿哥：“可是热得难过嘛！”

金兵卫：“什么，乖乖地等着吧。阿鹤是这么乖着。——喂，喂，阿哥和阿鹤都来唱个歌吧。”

阿哥：“月亮菩萨几岁了？十三加七岁。”[89]

金兵卫：“那么——？”

阿哥：“——年纪还轻哩！”

金兵卫：“生了那个孩子。”

阿哥：“生了这个孩子。”

金兵卫：“阿鹤也来唱呀！”

妹妹：“叫阿万抱抱。”

金兵卫：“啊啊，叫阿万抱抱。还有呢？”

阿哥：“现在还有呢？”

妹妹：“绷了鼓了。”

金兵卫：“什么什么，还有哩。——阿万哪里去啦？”

阿哥：“买油去了，买茶去。”

金兵卫：“阿哥说的很好。”

阿哥：“油店的店门口。”

妹妹：“冻了冰。”

金兵卫：“啊啊，冻了冰了。”

阿哥：“滑了跌了跤。”

金兵卫：“一升的油撒掉了！——阿鹤也说吧。那油怎么啦？说呀！次郎家的狗。”

阿哥："唷，阿爹说的不对呀！先是太郎家的嘛。"

金兵卫："都舔——"

妹妹："——完啦！"

金兵卫："阿爹可是忘记了，哈哈哈。"

阿哥："那狗怎么啦？"

金兵卫："说吧说吧！是这里了。"

妹妹："绷了鼓了。"

阿哥："向着那边咚咚咚。"

金兵卫："这边也是咚咚咚。"

阿哥："不是这样的。——向着这边咚咚咚。"

金兵卫："啊，是这么的么？啊，咚咚咚！现在我们出来吧。——嗳，出来了，小孩子，小孩子！——阿妈正等着吧。山芋呢，饼饼呢，什么好东西，等着给成了乖孩子的做赏品哩。喂，成了乖孩子了。啊啊，阿初拿浴衣来迎接了。"

妹妹："初衣衣。"

金兵卫："啊，啊。——喂，阿初，交给你吧！嗳，成了乖孩子了。"

六 | 隐居和医生的谈话

在着衣服的地方，医生和隐居说着话。

医生："隐居老太爷，怎么样？还是照旧下棋[90]吧。伊势十的主人，油八的太郎兵卫这些家伙，[91]都各别会着吧？这是所谓棋宛家[92]这物事。哈，哈，哈！”好像是嘲弄人似的笑着，口气很是庄重，有一句口头禅，爱说什么物事或家伙。

隐居：“不呀，近时亲戚家里有病人，舍间的人轮流地相帮守夜，啊，这么那么地乱嘈嘈的，棋也不下了。”

医生：“唔，那是不行。啊，那不幸得很。可是，病是什么呢？”

隐居：“总之是食物下不去，吃了的时候，失礼地说来，[93]就吐了。这一时更是加重起来了。”

医生：“嗳，请谁看了来的呢？”

隐居：“请仲景先生看了两周期，[94]因为不见效，中间请教了孙邈先生，现在看的是丹溪先生。”[95]

医生：“诊断作什么呢？”

隐居：“各人总之都说是膈症。”

医生：“不是膈症！什么，这会是膈症么？只要吃了东西去要吐，便说是膈，这乃是俗物的胡猜罢了。噎膈翻胃这物事，那又是大大地不同的，怎么怎么，那些汉子们的一点儿见识怎么能知道呢？哈，哈，哈！在医书里边，依照‘外台千金方’[96]的话说来，嗯，说着什么呢？嗯，说的是什么，息似鹅棒飞散乱，人成膈症力俳谐。[97]凡是病人的呼吸像是吞了鹅棒，即是关羽张飞所拿的那棒似的，[98]呼吸急迫苦痛，总之飞了要散乱了。这膈症的物事，又是爱好所谓俳谐[99]的人所生的毛病，所以说是人成膈症力俳谐嘛。人家愈是说别搞了，别搞了吧，他就愈用力要搞俳谐，这种人是多生那种病的。”

隐居："照你这么说来，倒的确是爱好俳谐的人。"

医生："单是搞一下歌仙[100]什么，那还没关系，弄到五十韵一百韵，以至留韵，[101]那病就重起来了。你看吧，果是爱好俳谐的。不看见病人，也还是这么样。看脉指病。这边是只听了一下子，就诊出病来了。哈，哈，哈！——有避忌[102]的吃食，要请注意。其与噎膈翻胃似是而非的物事，叫作鸬鹚病。[103]这乃是吃了东西，立即吐出的。那恐怕是这鸬鹚病吧。是很难治的病症。那些汉子动嘴比动药匙[104]要能干得多，抓住了病家的俗物，说什么新来的唐本没有标点不好读，[105]又说唐人也多有些杜撰的话，及至病家问起，丹溪先生，病人想吃鸡蛋，怎么办呢？啊，是么，嗳，鸡卵是不行的，可是假如想吃的话，那么吃一点鸭子卵也行吧！[106]是说这种不通文理的话的汉子们嘛！哈，哈，哈。真是可叹的事！哈，哈，哈！——如今，出来玩玩吧。近时为的帮助消化，在开始弄球了。这就是所谓蹴鞠这物事。虽然不能成为像成通卿[107]那么的高手，就单是踏着玩，也于消化上很有好处的。请你过来玩吧。——怎么样，伙计？所谓主管者这物事乃是重任呀！哈，哈，哈！"

伙计："嘿，嘿，嘿。今日上哪里呀？"

医生："唔，今天从芥子园的书画会出去，到顾炎武那里去一下，再转到山谷的诗会去，在那里会得碰到东坡放翁，要委托好些代作的吧。[108]总之是消遣的地方太多，要听病家的叨叨，受不了。所以医生行了时，是很受苦的。啊，再见了。哈，哈，哈，哈！"

一手抱着浴衣，走出去了。

七 | 关于家私花光的浪荡的话

名叫八兵卫的男子，满头冒着热气，用手巾当作围裙，系在腰间，在抖擞衣服。

名叫松右卫门的男子，旧式地把丁字带的直条夹在下巴底下，[109]在系带子，手巾却是团作一团，搁在头顶上。

松右卫门："八兵卫，你看那个吧。戴着深沿的草笠，[110]穿着碰一下就要撕开了的外褂，那里走着的讨人厌的那个人，那是原来有三十所的地产的地主的现形呀。"

八兵卫："是那拐角的浪荡么？"

松右卫门："正是呀。说可怜也是可怜。心术不好的话，便都是那个样子呀。"

八兵卫："在那时候，可不是撒呀撒呀，天王老爷那副样子么？"[111]

松右卫门："那老头儿从伊势出来，在一代里成了功。可是，精明得很哩。总之是不请人吃喝的。今天市上鱼很多，想给店里用人们吃一顿，便在大盘子上边，若是醋煎大鳁鱼便是五条，头尾整齐地排着，像是依照小笠原流的仪式，[112]规规矩矩地躺在那里。若是小鲦鱼呢，今天买来烧好，明朝一早自己提了筐子，走到鱼市去。鱼市场团团地走上一转，出不起价钱，买了些泥萝卜的折断了的来，把那昨天烧的小鲦鱼一条条地放进去，做成红烧圆片萝卜，这便是正菜。家里虽是有好些老妈子使女，菜总是老太太出来，很仔细地来盛好。老太爷把那小鲦鱼拿来，嘎吱嘎吱地从头咬了吃，说道鱼的鲜味是在头里，所以四五十个伙计徒弟也没有办法，都只好从鱼头吃起。而且在那里什么都不会过时。一年到头，早上是茶粥，[113]中午只是酱汤，晚饭是黄萝卜，而且咸得要命，只要两片，连吸白开水的菜也就有了。今日说是佛爷的日子，[114]八杯豆腐在碗当中悠悠然地游泳着。[115]搁了木鱼片[116]的酱汤，只在财神节[117]和生日那时候才有。三顿饭之外所吃的东西是，冷饭晒干的干粮的盐炒，中间加入从乡下送来的煮黄豆，可是你知道，那豆的数目是，要打锣敲鼓去找才好哩。这个炒米之外，便是自造的甜酒[118]了。老太太是上总地方的出身，只是做叫作萨摩炒米[119]这种点心。此外什么吃喝的东西，全都没有。因为对于祖先尊重，往来的人也用心使唤，所以家私当然就长起来了。金银生利息，抵押的房产收进来，生意上又赚钱。在一时间就成了大财主了。”

八兵卫：“的确，我也听我们父亲讲过他的故事。总之酒是只在财神节才有，平常有客来的时候，叫两碗面来，放在鼻子前面，说道请请，不要客气地请吧！可是这里只有两碗，客人只好吃了一碗就走。这之后，主人便叫奶奶呀，那么我们分吃了吧，你也来吃一点，于是一人一半地吃了。那么样，钱自然就积下来了呀。”

松右卫门：“第一他是运气好。[120]只在三十年间，就有地产三十二三处，土藏[121]三十，地窖二十五六，加上往来的人数算来，那真是了不起的大家了。”

八兵卫："这些就只有两三年，都花光了。"

松右卫门："可不是吧。搞光是容易呀，可是一文钱也不是轻易赚得来的。你们是还年轻，别去花钱，这是要受到金罚的。[122]——对不对，伙计？这伙计一声不响的，大概也已经买有股子[123]了吧？"

伙计："嗳，果子[124]么，只有买了来吃早饭。钱这个物事怎么也积存不起来。"

松右卫门："不，不，那是顶好积存的东西。因为心术不好，才积存不了。住在这江户好地方，哪里会有积存不了钱的事情呢？因为这里是钱和金子都聚在一起的好地方，所以各地的人都走了拢来，来发财的嘛。你伙计如果不想弄钱，那么住在乡下，吃了杂粮饭冻着，岂不好么。怎么，没有话说了吧？"

伙计："啊，这是我错了。"

松右卫门："可是这里也有指望。这伙计是有出息的。凡是讨厌厚棉衣服的人，总要倒楣。[125]你要知道，你的衣服假如成了薄棉，那就完了。——八兵卫也是现在只有一个阿妈，要好好地孝顺。不要叫她多操心。唐国的叫作什么的唐人呀，在寒中想去掘笋，还掘出黄金的饭锅来了呢！"[126]

八兵卫："嗳，我们孝顺是掘不着黄金锅的，只是叫那挑着紫铜锅[127]的来给点甜酒罢哩！"

松右卫门："那么也就行了。——现在的那个浪荡，接受了那些家私，弄成这个模样，正是不孝的报应呀！在那老头子出丧的时候，要烧香了，却学那戏子的样儿，穿了披风礼服，[128]趿着脚走路。立刻要同父母永别了，一点都看不出哀痛之情，这样的人是不成东西的，大家这样想着，果然不出所料。什么艺妓呀，帮闲呀，[129]啊，这样那样的，种种的人物都弄到家里面去，哗啦哗啦地闹一通，还有台基啦，[130]窑子啦，滑倒了躺下了的，里里外外的用度加多了。[131]朋友们中间的来往，就成了完啦大明神。[132]老头子身里的油终于干了。虽然如此，还是傲慢的看不起人，什么文盲咧，俗物咧那么地说，把他的那茶磨子的本事高挂在鼻子上。[133]单是茶室[134]就不知道改造了几回。那真是所谓什么读丰后的不懂得丰后[135]吧。总而言之，一个人的身家要用心保守，用心保守。”

八 | 将要化成鳗鱼的山芋的故事

乡下出来的帮工在铁铲子上拿着火炭出来，听见了这一段话。[136]

三助："想要弄钱，去做投机的事，那是坏事情呀。我在乡里的时候，遇着过一件怪气的事件。唔，这里叫作什么的呀，在我们那里是叫作山芋。"

大众："在江户也是叫作山芋。"

三助："那个，山芋快要变了鳗了！"

大众："真怪呀！"

三助："元来，也并不是整个身子都变了，半边是山芋，半边是鳗鱼呀。在那里，打猎的人看见了，大吃一惊，大概是什么山神在作怪，或是蟒蛇吧。蟒蛇没有变好，总之是什么怪物。要打杀也

上之卷五叶
北川美丸画
美

并不难，只是怕死不了，那才怪可怕的呢。村里的老乡聚集拢来，加以讨论，那个，曾根村的叫作松之丞老爷这人，是从神功皇后的时代[137]起，代代相传的博学的人物。那松之丞老爷拿了烟管侧着头，眼睛也不眏地看着。啊，了不得地用心的想，说这乃是鳗呀！如果不是鳗的话，他就离开这土地庙，再也不能住代代住下来的这个村里了。这乃是山芋变成了鳗了！或者鳗变成了山芋了。两个里边，总有一个是对的。不必去找道士的占卜，也用不着道婆的竹枝子乱掸了。[138]这是鳗鱼，并不是蟒蛇。可是，那个，雀人大水为蛤[139]的话在书上虽是有过，山芋变成鳗的事情在《庭训往来》，今川了俊，以及此外在《万宝全书》，在《年代记》上边，[140]谁都说没有见到过呀。那个什么，投机事业家的是什么耳朵呀，[141]很快地就听见了。他们打听清楚了这件事情，立即商量好了，拿出二十两银子来！这二十两分摊给村里的人，什么浊酒呀，年糕呀，总之闹了三天的元旦来做庆祝。这班投机事业家，便把这演戏的名角[142]请来装在四角的箱子里，心想在开幕时赚一笔大钱，展览的地方也差不多收拾好了，刚要打算开场的时候，奇事出来了！”

大众："怎么啦，怎么啦？"

三助："啊唷啊唷，要笑断肚子筋的事情！那个，一半变成鳗的家伙山芋，在建造展览场的几天中间，山芋的形状全然没有了，全部都变成了鳗了！一半是山芋的东西现在变成了鳗，所以向那边扭过去，向这边扭过来，要想抓住它呢，从手指缝中间滑滑地，滑滑地钻了出去，老是弯弯扭扭地往上钻。啊，可不是叫人大吃一惊么？如果用力地一抓，会得把它掐死的。埋在土里呢，算是卖了一条鳗命，[143]或者会得变成山芋吧，但是变了山芋，那也不值原价了！”

大众：“哈，哈，哈！哈，哈，哈！”都挺着身子大笑。

三助：“总之那顶要紧的名角，原形变得不成样子，大家都吓傻了。那投机事业家大大地打算错了。连那小房子什么都在内，一总损失了三十两，他就自暴自弃起来，把那鳗烧来吃了。计算一下，一块的价钱是三两五钱几分，[144]好贵的鳗鱼呀！三十两的烤鳗，一个人吃了下去。长着贪心不足的皮，一定是硬得很吧！[145]哈，哈，哈！”

九 | 豚七中了热气

在这时候，浴池中有人高叫：“说是中了热气了！喂，伙计，有人发了晕哩！中了热气，中了热气了！”[146]

伙计：“什么，中了热气了？那是了不得，了不得！”许多澡堂的帮工从池中抬了出来，乃是以前的瘫子，中了热气，动弹不得了。

甲：“谁呀，谁呀？”

乙：“是那瘫子豚七。”

丙：“原是病人，还是长时间的泡着嘛。”

丁：“脸上喷水吧！”

戊：“头上给搁上草鞋吧！”[147]

己：“什么，那是羊角风呀。还是给在肩胛上写刀豆字样吧！”

庚："那才是医鬼箭风的法子呀！"[148]

辛："豚七呀，豚七呀——咚咚，锵！"[149]

壬："别开玩笑了！叫醒他来，叫醒他来吧！"大家用水喷他的脸，好容易豚七才醒过来了。

癸："怎么样？豚七，豚七！清醒了么，清醒了么？"

子[150]："明白吗？"

豚七："唔，唔，不，不，不碍，不碍！——我，什么样啦？"

丑大声说："中了热气了！"

豚七："呃，呃？"

丑："中了热气了！"

豚七："中了，中了热气了？唔，唔，了不得。——已经好，已经好了！不碍了，不碍了。热气下去了，下去了。胡里胡涂，胡里胡涂的。刚才，刚才热气下去了。不，不，不碍了，不碍了！"

舀热水的帮工来坐在台上，替换伙计去吃午饭。

行商人的各种声音。

甲："菖蒲，菖蒲团——子！"[151]

乙："金时豆，煮豇豆！"[152]

丙："豆腐——！"

丁："烤鳗鱼，烤鳗鱼要么？"

戊："补碗啊——！[153]有人要补碗的么？"

己："喂，补碗呀，想请你把我家的水缸补一下！"

戊："哼，别胡调了！"[154]

中午的光景

一〇 | 浴池内的光景

浴池内有人敲板壁："咚咚咚！——还不对水，不对水么？热呀，热呀！"

另一个人："别对水，要变成凉水了。"

伙计："热水出来了。"

舀水的帮工："嗳！"拿了专用水桶出来。

一个显得是好管闲事的老头儿，用着脚把洗手中的小桶归并在一处："喂，小伙子们！洗浴场要好好的洗呀！老人们走起来危险，这要滑咧。还有这小桶，也没有这样摆法的。连走路也没有了。喂，那水槽的水满出来了！谁呀，把米糠袋倒了的？这个模样呀！乱七八糟。喂，喂，脚底下踩着了膏药了！呃，腌脏得很。嘿，嘿，吐痰咧，掉疮痂儿咧！嘿，嘿，哎呀哎呀，全没有秩序。南无妙法莲华经！"从石榴口向里边一探望："呀，好多的屁股呀！喂，对不起！你们都干的不对。别老堵着门口，往那中间去吧。后来人就要进不来了。而且又老是那么样地坐着，那是不是事呀！——嗳，老人来哩！啊，这是很好的澡汤呀。说这汤太温和的人，去浸到锅炉里去，或者把这格子卸下了，走进镬里去好吧。啊，啊，好得很，好得很。南无妙法莲华经！”

甲唱歌：“清盛老爷是火的病，我们是……[155]——喂，老头儿，那么浸到那里边去，那跟马可是麻烦呀！[156]你觉得热，那么用一片腌菜，拿来搅一下子就好了。[157]咦，水开上来了。了不得！热水沁到虱子咬过的孔子里去，舒服得很！全体都长了梅花鹿的斑纹了。虱子这东西倒也不是全然要不得的！”

乙唱歌：“偷偷走近来的小灯笼，伊吾呀，伊吾呀的叫了来看，可爱的吉松是同了谁睡了？喂，喂，若是若同阿爹睡了，那好吧好吧。”[158]

丙唱歌：“即使是山里的三家村也好，若是同了你两个人过日子，……”[159]

丁：“哼，畜生[160]，同意同意。好好地干去吧！”

戊潮来调的帮腔：“嗳，了不得，再来吧，来吧！”——胡乱模仿弹三弦：的古的古丁冬，的古的古丁丁，的古嘣嘣！

己：“喂，别闹别闹，三弦要崩了。”

戊：“啊，对不起！”

庚：“呀，出来了，出来了！跨了过去，大家原谅！”

辛：“好大的肾囊呀！这和脑袋去撞一下，肾囊飞到空中去，成了怪气的魂灵了！[161]

壬：“阿吉，从头若是打了金，那就非得连马不可了吧。[162]从屁股那边放上银，系上丁字带好了。”

癸：“且别管，跟飞车给吃了，同角将一般吧。[163]去你的吧！——喂，出来了，乡下佬，乡下佬！”

一一 | 西部人把别人的丁字带错当作手巾

从西部地方初到江户来的人，不知道澡堂的情形，大睁着眼矗立在那里，看见洗裤子用的浅木盆里泡着一条新的泥兜式丁字带[164]，说道："这真是很对不起的事情！热水也舀好了，连手巾都加在里面，这是太难为了。"

他把自己的手巾绞干了，晾在晒裤衩的竹竿上边，却将那新的泥兜带从热水里掏起来，开始洗脸："这个热水怎么是有一股臭气的呀，呀，臭呀，臭呀！这是怎的，是什么呀？可不是人家用过了的么？啊，浮着这些油。哎呀呀，那么闪闪有光的，好像是洗过鲸鱼什么似地！怪气的味儿，把它倒了吧。"将热水浇在身上，拿着木盆到舀热水的那地方去。

舀热水的："你拿这木盆到这里来，可是不行呀！[165]还是放在那地方，拿小桶舀了去倒吧。"

西部人："哎，哎。"舀热水的人以为他是要洗裤衩，所以这样指挥，那汉子听了指挥，回到原来的地方，特地拿了小桶舀水去，倒在洗裤衩的木盆里使用。

西部人："这手巾原是新的，怎么会得这个样子，这里那里地都弄脏的呢？好像是丢进阴沟去过的样子，这样腌脏。"把泥兜丁字带摊开来看，见到前后都有带子钉着：“在这里前后都钉着带子，大概把这物事包到头上去时候，用这带子好套在下巴颏儿底下的吧？这倒是很方便的呀！”将带子卷在臂膊上，拿裤衩团作一团，遍身擦洗。

有上方人[166]从浴池里出来，走到木盆旁边，四面观望：“啊，这怎么啦？刚才泡在这里的裤衩没有了！还没洗过的东西，不会得丢掉的。无论怎么找总是不见，这真是怪事了。”看见西部人拿着当手巾用，正在洗脸，大吃一惊道：“喂，这了不得！那里不是你的手巾么？”

西部人：“哎，哎。这物事原来是搁在木盆里的，我自己带来的手巾，是挂在这儿哩。”

上方人：“呀，坏啦，坏啦！你真胡乱乱搞的人呀！那不是手巾，乃是我的裤衩啊！用裤衩洗脸，真是傻子。是给狐狸精迷了呢，还是发了疯？你，是在干的什么呀！赶快把身子淋一下子吧。真是惶恐得很！”

西部人听了这话，也大吃一惊：“难怪，我觉得这么油腻得很哩！再过一会儿，就要全洗干净了。嘿，嘿！这个，这个，回想起那臭气来，啊呀呀，啊呀呀！”把裤衩抛在木盆内，走进浴池里去了。

上方人：“哈，哈，哈！哈，哈，哈！了不得的大傻瓜呀！这倒是比我自己洗的，还要好得多哩。因了偶然的事情，得到了意外的侥幸。呀，这并不是因了偶然的事情得了意外的侥幸，乃真是因了裤衩的事情得到了泥兜的侥幸了！[167]这不是很好玩的双关话么？哈，哈，哈！”

注 释

［1］中国古书上说，古代天下太平，风雨都有定时，是五日一风，十日一雨。

旧时澡堂定规，刮大风的日子“早散”，即以申刻为限，至下午四点关门。

［2］下雨天澡堂在门内放着一个木桶（容量四斗的酱油或酒的空桶），预备客人安放雨伞，以免水流满地。

［3］澡堂照例每月有一天休息，这在哪一天，每处不一样，由自己规定为例。

［4］旧年十二月十三日为大扫除的期日，那一天洗澡的人便特别的多。

［5］正月十六十七两日，旧例澡堂收入不归主人所有，却是分给堂内众伙计的。

［6］每年元旦休息，初二日这才初次烧水开堂，称为“初汤”。

［7］念佛的声音，三田村云，当是日莲宗。

［8］僧俗对举，这是说唠叨说话的醉汉。

［9］净琉璃说书人的行话，称汤为塔落克。

［10］上一字拉长，今姑将澡字去声改为上声，以示变化。

［11］洗澡每次付现钱，称现金汤，也有每月总付的，则称留汤。药店的伙计习惯于药名的什么汤，所以故意改读末字的音，似乎是青

龙白虎汤之类了。

［12］忍冬汤本系用忍冬即金银花在浴汤内，用以洗澡，儒生迂腐不通世故，乃如字解读为忍耐过冬之汤。

［13］汤桶本名汤船，乃用大锅烧汤，倒入桶中，是一种净汤，备浴客末后洗脸淋身之用，桶形如舟，故名。

［14］青砥藤纲为古时名臣，以廉洁著名，尝夜过滑川，误将铜钱十文落在水中，乃命从者以五十文钱买火把来，将水中的钱拾起。

［15］因故事中的十文，牵连说起，当时洗澡价钱系大人十文，小孩八文云。

［16］当时定价大人连同小孩共十六文，故连带的说及罗汉，又连带说偏袒右肩。

［17］颜世是日本旧剧《忠臣藏》中正角盐屋判官的妻子，贞淑的女人。盐屋亦写作盐冶。

［18］高师直在历史上是实有的人物，《忠臣藏》中却借过来说他觑觎颜世，成为盐屋的敌人。

［19］此句系模仿《论语》上的话，德不孤，必有邻。

［20］宾头卢尊者是十六罗汉之一，在佛涅槃后仍留世间，济度世人，寺中常塑其像，白头长眉，独坐一隅。澡堂主人高坐门口，招待浴客，收受浴资，故以相比。日本沿用古时的"澡豆"，以米糠装入夏布小袋中，用以擦脸，澡堂中可买可借。俗信凡人身上有病痛，先用手摸宾头卢像，再去摸自己相当部分，可以自愈。此处因说宾头卢，接连说米糠袋，便以摸脸作为双关。

［21］浴客有需要"擦澡"即叫人代洗肩背者，主人用拍板通知擦澡的人，照例女汤两下，男汤一下。每月总付的浴客备有专用的水桶，称为留桶，客来时也击拍板，叫人给拿出桶来。

［22］主人所坐台上，例有板搁，上置带卖的膏药澡豆粉等，因堂

内暖热而融化，主人却茫然不知。

［23］光明皇后系公元八世纪时人，为圣武天皇的皇后，崇信佛教，大兴寺庙，曾设浴室，施浴一千人，亲为洗濯，后有癞病人来，出现阿闳佛形相云。此处说女主人代管女汤，因宾头卢关系引出光明皇后来。

［24］烧澡堂系用木柴，烧剩即是木炭，通称桴炭，或称浮炭云。炭火上张油纸，铺米糠取油，云可医治癣疥。

［25］澡堂定规云：老人及病后的人，不可独自入浴，身患恶疾的人断不可入浴。

［26］千手观音即虱子的别名。阿闳佛见上，因佛名而牵连说及观音。

［27］洗粉系后起的化妆品，于粉中多加入香料，即古时的澡豆。

［28］入浴中的客人觉得池水太热，便敲板壁，通知堂中用人，加添凉水。

［29］系俗曲长呗的一篇。

［30］俗曲河东调中说河津股野摔跤的一段吧。

［31］浴池入口上部所设垂花门似的板屏，入浴的人须低头屈身，才得进去，据云为的防浴汤变冷，俗称为石榴口。字义的解说不一，多涉牵强，似不足信。

［32］入浴池的人恐怕碰着别人，或先声明是“冷身子”，或如在人丛中虚说“马来”，叫人让路。此处却又含有别的意义，平常以驴或马形容巨阴，说是马来，而实际却并不是云。

［33］河东调原作江户节，乃是净琉璃的一种，因系江户大夫十寸见河东所创而得名，却并不是代表江户的。小调原作美里耶斯，是一种较短的长呗。老人虚说小孩子，本地的江户子乃自称乡下佬，正是相对。

［34］这以下一段意思不很明白，大抵是有各种人各样情形，有如

菜蔬店的廊沿底下，存放着各式的菜吧。

［35］唐山即中国。中国有径山与金山两地，因佛教关系知道的很多，但系同音，所以说时必须云路径的径山，或云金银的金山，此处当用作丁宁说话的例子。

［36］日本古时编辑歌集，多以这四者分类，这里即说澡堂里各式各样的人都有，如上文所说的那样。

［37］纳豆即是中国的鲜豆豉，价廉味美，日本平民大抵用于早膳，用酱油加芥末拌食。早晨叫卖极早，往往先卖一巡，再携第二批出来叫卖。

［38］古时人家都用火刀火石取火，所以早晨咯咯打火的声音是很普遍的。

［39］瘫子原文是说一种中风病人，重的半身不遂，较轻的仍能起坐行动，只是不甚灵便，说话也不清楚，豚七的话原本多模糊讹脱，未能一一照写。

［40］原文不可解，出口氏注云未详。

［41］古时日本男子蓄发结髻，平常往理发店去梳，有在家梳头的，格式不入时，称为妈妈髻儿，意思即是说老婆所梳。

［42］手巾上染有胭脂，盖原系妓女所用，由她送给相识的男子的。

［43］丁字髻即古时所谓椎髻，男子束发于顶，向后屈作圆髻，前面留一二寸剪去其余，牙粉袋即是塞在这前端，俗语称为刷子。

［44］凤凰，三田村氏注云原意指妓女，这里只是说华丽的衣服。

［45］金时系民间故事中的英雄，金时豆乃是一种食物的名称，系小豆加糖煮成。

［46］那地方即指新吉原，妓馆的集中地。

［47］哥儿是男子自称，意思乃是自夸，说自己自有本领，所以能够取得这些东西。

［48］三田村氏注云当是说乙的麻脸。山葵的根味香辣，日本用作调味料，在有刺的金属板（朝鲜有“姜板”系陶制而形状相同）磨擦成酱用之。这里比喻说脸上凹凸不平。铁头鱼系意译，汉名一云六角鱼，不知其详。头钱是头儿从徒党征收的利金，或者是说人比鱼还丑，所以该收得头钱？

［49］旧时日本街道上都是明沟，与街路平行，在人家门前铺有木板，俾便通行，称作沟板。

［50］见注［40］，原注云未详。

［51］金毗罗系印度的神，在佛教中不重要，但日本民间颇见崇信，在赞岐琴平山有神社。

［52］堀内在东京市内，有妙法寺，系日莲宗，所谓堀内老爷即指日莲。贴用神符据三田村氏是一种长条的符，贴在病人床边，如接贴到墙上边，则病可全愈云。

［53］见注［40］及注［50］。

［54］日莲宗于佛经中偏重《法华经》，又佛教徒皆宣佛号，模仿净土宗念南无阿弥陀佛，他们独不如此，只念南无妙法莲华经，以经名作替代，称为御题目。

［55］日本古时武士专政，士族皆带长短两刀。上文豚七说“那个那个”，三田村氏注云盖用手势表示带刀，说颇有理。

［56］早晨相见时打招呼的话，也可以说早上好或早安，今直译原意。

［57］原文云“仁和贺”，写作“俄”字，义云忽尔，这里是指吉原秋天的临时赛会，大抵以滑稽表演为多，后来转变成为一种滑稽戏的名称。

［58］出口氏注云当是模仿什么戏剧歌词，但出典原本均不能详。

［59］日本古时男女混浴，浴客各系一犊鼻挥即丁字带入浴，及分浴后，仍以手巾掩盖下体，盖旧时习俗之留遗云。

［60］出口氏引中山翁说云，小儿游戏，用纸折作小箱或鹤，将苍蝇放在里边，令其行走。但如何走动仍不明白，疑或是用糊粘蝇背亦未可知。

［61］进浴池去的时候所说的客气话，参看上文注［32］。

［62］民间传说是劫富济贫的大盗，公元十六世纪末被捕，用大锅煮死，至今用大铁镬烧水的浴池俗称五右卫门盆。

［63］吉田町是野妓出没的街路名。

［64］是歌曲中帮衬的文句。

［65］原文称作“隐居”，封建时代旧制，家主年老或因事退休，称为隐居，由其长子袭位为家主，老人也就称为隐居老太爷。后来此制亦通行于商家，凡不管家事店事的老人，不问男女，均用此称，中国的老太爷老太太约略近似，今且借用。

［66］古代律僧守戒，不用女人手制的衣服，乃着纸衣，系用纯良树皮所制厚纸揉熟，制棉夹衣颇耐久，亦善防寒气。

［67］鬓助大概即指甲乙二人中之一。

［68］日本古时计时很是特别，昼夜各分为六点，子午正都称九点，以后一小时作为半点，依数目逆数，如十二时为九点，则一时为八点半，二时为八点，四时为七点，十一时为四点半，以下便又是九点了。这里说七点即早晨四时，八点半即三时。

［69］隐居所说，连上文系地震占卜的歌诀，依照地震的时间可以预知将来的天气。

［70］各人依据生年的干支五行所属，可以推知魂灵的多寡数目，歌诀云木九，火三，土一，七金，五水，盖是从三魂六魄演化出来的吧。

［71］金山寺据说应当是径山寺，因这种酱的制法是从那里传过去的。在豆瓣酱中加入切碎的蔬菜，如萝卜、茄子、青瓜等，是极好的素菜。粗酱油系酱油制成，未经滤过者。

[72] 酱脆瓜，原名奈良渍，以地方著名，系用盐酒腌嫩青瓜。腌辣椒，原名南蛮渍，与称番椒义近。

[73] 伊势屋系用地名作为店号，伊势人节俭善于经商，市上多伊势屋的名称，故成为代表店名了。差使是封建时代用语，店徒每晨向顾客家兜生意也就沿用。

[74] 酒店应顾主的需要送酒前来，照例装在陶制酒瓶内，称为德利，随后再由徒弟收回。

[75] 净土宗的规矩，每年阴历十月初六日起，至十五日止，凡十日间高唱佛号，大有功德，通称十夜。宿山原名通夜，是说信徒聚集寺院，守夜念佛。

[76] 打发是说各商家的定期布施。万宝屋原名万屋，如意屋原名叶屋，今从意译，叶用作协字，在中国不大通行。

[77] “野和尚”原文只作“和尚”，但因伙计差别待遇，当有殊异。三田村谓当系因度牒无缺而在候补的“志愿和尚”，出口则云是贱民部类的毛和尚，或更近似。他们不剃头，在乡间也作法事，助丧葬，地位较平民为低云。

[78] 野和尚说吉祥话求布施，这里大概手里拿着土制的稻荷神像，颂祝丰收与幸福。稻荷本系农神，第二字解作负荷的荷，因狐狸为神使，后乃转讹即以稻荷为狐神，像亦成为狐形了。

[79] “好久不来”语气未完，意云所以请给布施吧。和尚是整个赚头，原系民间俗谚，“整个”的原文与“圆”双关，现在野和尚利用俗语，加上“早上”字样，作为吉祥话，原意虽是挖苦和尚的，今乃转用为恭维店家了。

[80] “汤汤”原本此处用小儿语，读作obu，凡热水与澡堂均用此名，与大人语yu（汤）用途相同。

[81] “腌脏”，此处特别是指粪便，即上文豚七所踩的狗屎。

［82］此句原系儿歌中的词句，此处借用指在后边的人罢了。

［83］从王子（地名）的田坂走过去，即是公娼集中地有名的吉原。

［84］三田村氏注云借指当时的山田巴，系吉原有名的一家给妓馆做介绍的茶馆。

［85］倒橹是说在船首也装橹枝，可以倒行。净琉璃说书中有一节，说木曾氏家臣樋口二郎欲为主家复仇，化身为船户，学习倒橹。说书人模拟他的状态，大声说呀嘘嘘，呀嘘嘘，其身段与搅浴汤正相似。

［86］浴客叫澡堂的人添凉水，敲板壁为号，及水添后亦敲板壁作为回答。

［87］水虎俗称河童，系水中怪物。状似孩童，又像甲鱼云。

［88］用艾灸治病，日本古亦有之，小孩语则称为热热云。

［89］此系一首童谣，题目似对月亮，意思顺递而下，不可把握。十三加七岁，"加"字系补充的，七或云九亦或云一，但多数均说七。

［90］这所谓棋乃是围棋，古时从中国传过去，下棋规则大体与中国相同，不像象棋的全变样了。

［91］伊势十是店号，系伊势屋之一，而另加十字以示区分。油八当是油店，"八"则有如称为某记。

［92］下棋的对手因在对抗，故有敌意，但又互相需要，日本落语有《笠棋》一篇，最能演出这种特殊情意。今称为棋冤家，似比棋敌稍好。

［93］正经谈话中间，大小方便的话固然禁忌，即呕吐等也嫌腌脏，提及时当致抱歉之意。

［94］日本古时祈祷服药，常以七日为一周期，大概从佛教中来，与后来星期的办法暗合。

［95］这一节描写无学识的医生夸口乱说，对话中也就借用古人名字，仲景即汉张仲景，孙邈为唐孙思邈的略称，丹溪即朱丹溪，元朝名医。

［96］《外台秘要》系唐王焘所著的医书，《千金方》则是孙思邈所著，这里混合在一起了。

［97］原本系白居易诗句，见于公元十世纪末日本所编的《和汉朗咏集》卷上，“雪似鹅毛飞散乱，人披鹤氅立徘徊”，原题为《酬令公雪中见赠》。医生只记得文句，把好些字又读讹了，如鹅毛与鹅棒读音相像，鹤氅与膈症，徘徊与俳谐音均相同，便胡乱地拉来作为医理的解释了。

［98］关羽张飞不曾拿棒，此盖是把丈八蛇矛拿来附会，虽然鹅字仍无着落，说大话的人却也不管了。

［99］俳谐系俳谐连歌的略语。连歌即是联句，乃是将日本的一首短歌分为上下两截，即上句十七音，下句十四音，由两人分做，合成一首，也有联下去很长的，有三十六句，五十以至一百句的连歌。俳谐连歌的形式也是一样，只是规则稍有不同，又词句多涉滑稽，正如它的名称所表示那样。由俳谐连歌缩短，只剩第一句十七音，这就成为后来的俳句了。

［100］歌仙即三十六韵的连歌。公元十世纪有人选取古歌人三十六名，仿“饮中八仙”的例，称为三十六歌仙。因此成为一个故典，三十六句的歌也就称作“歌仙”了。

［101］五十韵百韵原系连歌的事，“留韵”则无此名目，乃是医生信口乱道，把病名的“溜饮”同音假借，说成一起。

［102］连歌中原有一项“避忌”的规则，这里利用双关的意思，来说病人的食忌。

［103］鸬鹚病无此病名，也是医生信口开河的话。

［104］日本的汉方医生均自带药箱，开方配药，自己使用药匙，合于古代刀圭的说法。

［105］日本旧时称中国为唐，唐本即是中国书。日本人读汉文，

使用一种标点，表示句法读法，即可了解。新书当然无此种标点，医生这话也在表示他的一知半解。

［106］此处又在借医生的嘴，嘲笑那些不通的人们。他们假装通文，知道鸡蛋文言云鸡卵，说到鸭蛋觉得俗语欠文雅，普通又不使用鸭卵的音读语，所以说为“鸭子卵”，反而显得文理不通了。

［107］藤原成通系古代公卿，以善于蹋球著名，著有《鞠谱》一书。

［108］这里也借用古人的名字，参看注［95］。

［109］丁字带在日本称作裈（fundoshi），亦称下带，系将横长的带子系在腰间，直长的一条由前转到后边，兜住阴部，便扱入横带上。着时先系横带，不让直条拖在地上，拿起来却夹在下巴底下，大概在著者写作的时候一般已不如此，所以称为旧式。

［110］笠帽本来是遮避太阳的用具，平常也有人使用，特别是帽沿稍深，为的好掩盖眉眼，不让人家看见，容易认识。

［111］神田明神每年五月出巡境内的时候，先有人着外褂，戴长鼻妖怪天狗的假面，撒布印有牛头天王四黑字的红纸小片，口中高唱道：“天王老爷爱嚷嚷，小孩们嚷吧，哇哇地嚷吧！撒吧，撒吧，捡拾吧！嚷呀，嚷呀，哇哇地嚷吧。”以此一名云哇哇天王。

［112］小笠原流系旧时讲究礼节的一种流派。最是正宗，也最烦琐讨厌。

［113］茶粥是用茶汁所煮的粥。

［114］佛教徒称人死为成佛，死人亦均称佛爷，这里所说即是祖先的忌日。

［115］八杯豆腐的做法是用水四杯，酱油酒各二杯作汤，薄片细切的豆腐加入共煮。

［116］鲣亦称松鱼，取背肉蒸制晒干，称为鲣节，用时刨成薄片，加菜肴中为调味料，中国名为木鱼，因其形如木头。

［117］日本俗名惠比须，亦写作“夷”字，系七福神之一，古衣冠，腋下挟大头鱼，右手持钓竿，商家多奉事以求得利。每年正月二十日及十月二十日定为惠比须祭，招集亲戚故旧，置酒宴享。

［118］糯米煮粥，入曲令发酵，加热喝用，配以姜汁，甘美可口，为夏季普通饮料之一，因系热吃，故担卖者必携带一个铜锅，参看注［127］。

［119］萨摩炒米系于炒米中加入切碎的山芋，再加白糖酱油煮成，山芋俗名萨摩芋，故名。

［120］原文云“冥利”，神佛信徒的口气，谓冥冥之中所给与的利益。

［121］日本房屋多用木造，惟当作库藏的房间乃用砖墙，故名土藏，其掘地造成者则名穴藏。

［122］俗语谓人因浪费金钱的结果，受到恶报，名为金罚。

［123］“股子”原语云“株”，据说旧时江户澡堂有定额。共计五百七十余户，澡堂股子每株值银三五百以至一千两云。这里是说伙计在本堂入有股本。

［124］北京称油条为果子，今借用与股子双关。原文云“大头菜”，只有买了来做酱汤，大头菜（写作“芜”）与股子的“株”读音相同。

［125］意思不明白，大概是说爱漂亮的人厌弃厚棉袄，改用薄棉，是奢华的起头。

［126］江户时代，《二十四孝》在日本很流行，这里说的即是孟宗的事，却又传讹，与郭巨混在一起了。

［127］参看注［118］。紫铜俗语云唐铜，这里在讲唐人的故事，用语亦含有双关的意味。

［128］原文云“上下”，用古文应作“帔”吧，在正式衣裳装束的上面，加上背心似的东西，算是旧时的大礼服。

［129］艺妓直译应称“卖艺的”，因为她们号称卖艺不卖身，是与妓女有别的。帮闲原文意云“掌鼓的”，据出口氏注说，六斋念佛会以

金鼓为节，二人分掌，不能相兼，清客侍奉财主游玩，自己不出钱，用掌鼓的不掌金的双关语，乃有是名。

［130］这译语不很确切，原文只是茶屋，但这在吉原却并不是吃茶的地方，旧时游客先到茶屋，招集艺妓等人，酒宴歌唱之后，由茶屋的人送到妓馆去，有些高等妓女专在茶屋接客云。其实也可译作“拉纤的茶馆”，但很易误会，所以索性改为意译了。

［131］“滑倒了躺下了”，原是俗语，说这样那样地出了许多事情，今依照前后口气，保留直译。

［132］出口氏注云，大概在完啦之下戏加大明神之称，或者当时有读音相似的神名，所以模仿来说亦未可知，但未能查明。

［133］“茶磨子的本事”谓学无专长的技艺，这里又双关下文茶室。“挂在鼻子上”原意只是傲慢自夸，但因保存滑稽意味，故今保留直译。

［134］旧时举行茶道仪式的小房间，造得朴素而很讲究。

［135］俗谚云，“读《论语》的不懂得《论语》”，讥刺读书人。今又转讹，丰后（Bungo）地名，以歌曲丰后调著名，读音与“论语”（Rungo）相近。

［136］这个帮工名叫三助，本是乡下人普通的名字，因为澡堂里管舀水搓澡的人名叫三助的很多，后来便成了这种帮工的通名了。

［137］神功皇后生于公元二世纪末，曾摄政七十年，正当中国三国时代，在历史上很有名。

［138］道士原本系指神官，道婆则是巫女，执竹枝乱舞以降神，口传神语。

［139］雀入大水为蛤，见《礼记·月令》中。本是古来传说，当然不是事实。明谢在杭在《五杂组》卷二中说得很妙：雀入大水为蛤，北方人常习见之，每至季秋，千百为群，飞噪至水浜，簸荡旋舞数回而后入，其为蛤为否，不可得而知也。

［140］《庭训往来》系僧玄慧所作，用一年间的书信的形式，教授儿童以民间事物的名称。今川了俊曾著书训诫其弟，后世称《今川帖》，作为训蒙之用。《万宝全书》原名《杂书》，性质颇相同。《年代记》系纪年体的记事书，以上均为旧时民间据为典要的书物。

［141］意思是说兔耳朵那样的长。

［142］“名角”原文云“太夫”，旧时各项艺人多称太夫，本与大夫相同，后来读音变作“太由”了。

［143］俗语有“犬死”一语，谓死得像狗一样，表示不值得，这里模仿了说“鳗死”，姑用意译。

［144］日本旧时币制，虽是金银也是用两，办法与中国稍有不同。两以下并不用十进的钱与分，银一两分作四步，一步又分作四铢，这里原文云三两二步几铢，正当应是三两五钱多。

［145］俗语谓贪得为“长着贪心的皮”，这里说投机事业家贪财失败，吃了很贵的烧鳗，双关的说，故云鳗皮一定很硬吧。

［146］在热水里浸得时间太多，引起脑充血，人事不省，俗称中了热气。

［147］民间医治羊角风的符咒，据出口氏注，在近二十年中也还有些地方，施用这种方法。

［148］鬼箭风系中国东南方言，指肩背忽然剧痛充血的疾病。

［149］模仿寻找迷失小孩时的锣鼓声。

［150］上文自甲以后，说话的人不曾标明是谁，今姑以干支为序，可能有些说话的是同一个人。

［151］旧时食物之一，竹枝上端劈作四叉，各穿小团子一枚，状似菖蒲花，故名。

［152］金时豆见上文注［45］。

［153］日本在十八世纪末始有补碗的方法，乃系用药将陶片粘合，

其用小铜钉锔合盖是中国特有，故此处不用钉碗的名称。

[154] 据三田村氏注，补碗大抵只是小件，这里有人叫补水缸，乃是故意开玩笑，所以补碗的这样回答。中国别有补缸的人，用铁沙盐卤填补缸缝，亦或使用铁锔，日本似无此种补法。

[155] 平清盛系十二世纪时将军，因患伤寒而死，相传说是火症，川柳讽刺诗有清盛进浴池去，嗤的一声，形容水沸云。原歌尚有下句，云我们乃是因了妒忌的气的病，原是女人的口气。

[156] 这里是双关的游戏语。上文澡堂烧水的锅炉原文云“铁炮”，盖谓形似。此处连带的说及吉原附近的“铁炮店”，乃是下等妓女，代价系分为二百文一段，若住夜则定为四五段，又别有花费，所耗或过于吉原。吉原旧例有嫖客欠钱不能付给，由人跟随同去，设法借钱偿付，其人称为跟马。

[157] 日本旧时饭后饮茶，以腌菜一片为下茶之物，茶太热时或即以菜（或瓜类）入茶中搅动之，三田村氏云这里所说即指此事。出口氏则云系利用傻女婿的民间故事，本事大概分布颇广，只记得《北安昙郡乡土志稿》中记有一则，说傻子住邻家洗浴，因浴汤太热，大叫“请拿一点腌菜来”云。

[158] 据三田村氏注，此乃是民间流行歌，见于一八〇八年出版的《小歌志汇集》中，惟首句作“从对面走近来的”。所说系有名旧戏《忠臣藏》中的事情，伊吾为天河屋的徒弟，见原戏第十段。吉松盖是来访的女人阿园的爱儿，歌词即从戏文演绎而出。

[159] 这也是民歌，下文尚有“竹的柱子茅草的屋顶，我是一点都不嫌”两句。

[160] 这里畜生一语并非骂詈，乃是感动悦服的意思，所以接下去是激励的话了。

[161] 日本俗信，人的魂灵在空中飘荡，状如火焰，形圆有尾，

盖因磷火而联想出来的吧。

［162］睾丸一语，日本除音读之外又读若金弹，此处利用双关，说到象棋的上边去。日本象棋与中国的似是而非，主帅曰王将，又有金将银将，近似中国的士相，即本文所说的是。马即棋子之称，在敌我之间着一棋子以阻隔之，称为连马。下句则说在敌方隔着一格相并放着的金与金之间，即在其直下着一银将。屁股与丁字带等，则因与睾丸双关而连带使用出来的。

［163］飞车与中国的车相似，角亦称角将，其作用与马相似，而更是有力。因为并不限定两格。

［164］泥兜式丁字带系裤衩之一种，其特色是在直条的末端也钉有带子，用时将横条在腰间系好之后，其丁字的直条由后向前，通过横带，再将前端的细带系于颈后，以免散落。因直条前后有带，其状如民间搬运泥土用的土笼，平常用稻草编成，中国北方瓦匠也还使用，不过系用布类所制罢了。

［165］这里的热水系供出浴后洗净之用。有人专管舀水，不让浴桶挹取，至于洗裤衩的木盆更是看作不净的了。参看上文注［13］。

［166］日本旧时京都在关西，今称西京者是，行道由关东即江户方面往京，称为上行，往东则为下行，故大阪西京一带向称上方，至今沿用。

［167］偶然的事情得到意外的侥幸，系旧时谚语，今以双关语作游戏，原文“偶然”与“丁字带”，“意外”与“泥兜”，读音甚近似，惟在译文上无法保存，所以说得不免有点支离了。

浮｜世｜澡｜堂

前编卷下

午后的光景

一二 | 小孩们的喧闹

卖甜酒的："御膳白菊，甜的，甜的！"[1]

小孩一大群，手脚全是墨污，像黑人一个样子，只有眼睛发着光，乱七八糟的跑了进来，乃是八点过从书房里习字班散出来的。[2]

阿龟："啊略亮龙头，[3]啊略亮，亮亮亮亮！——阿松什么，真是不好打交道的家伙！我顶不爱。那么的大家豁过虫拳，[4]不是定下了次序的么？——喂，放手吧！衣服扯破了，回家去是要挨骂的。你家里妈妈反正不肯给我来缝好！"

阿松："大大的给缝啊！喂，拿出来！"

阿龟："多么会说话！可是到了那时候，就要来一个摊眼[5]吧！——喂，放手，放手！我要去告诉你家去！"

阿松："这倒是很好玩的！如果是男子汉，就去告诉去！"

阿胜："怎么呀？你们真会得吵架。——阿吉，对不起，对不起了。"

阿吉："我，累了，我累得很。洗澡吧！谁早早下去的，就是好孩子。"

阿又："洗澡洗了之后呀，我们不再来玩那个，那弹贝壳的玩意儿么？[6]

阿铁："我不！"

阿又："是不好打交道的家伙！那么从此以后不再来同你玩了！"

阿铁："不玩也好吧。我就同金哥和幸哥去做戏玩去哩。石阶上打仗[7]的身段好不威武啊！"

阿又："哼，唔，那么，让我也来入伙吧！"

阿铁："你，那么就当那捕快吧。"

阿又："我可不当！"

阿铁："你瞧！像你这些人，平常戏也不看，……"

阿又："嗳，前几时去了！是姐姐休假回家[8]的时候去的。"

阿铁："我是，从师傅那里下班之后，每天都去。"

阿又："可是，你还是那么的拙。"

阿铁："就是拙也用不着你操心。你不用管啦！——同了新哥、龟哥和平哥三个人，我们演高丽屋，三津五郎和半四郎的打仗身段。[9]在那个，那个，那里家里的楼梯上，撑着雨伞，瞪了眼[10]做出一个把势，阿龟那家伙咚的跌下来了。脸上像是要哭的样子，奶奶说好能干好能干，高丽屋这脚色是不会得哭的，这才没有哭了出来。"

阿又："这是多么没用的哭虫[11]呀！"

阿幸："铁哥，这个，我送给你吧。"在小孩们中间，这孩子是最老实的一个。对于老实的孩子，朋友里淘气的家伙对于他也自然而然的是别一种口气。

阿铁："幸哥，这多谢了！这家伙好得很哪，是丰国的画呀！[12]老又，这威势多棒啊。"

阿又："唔，这个源之助[13]画的真好！我们那里是，大家都是，捧源之助的，什么送给公馆去，送到上方去的，那个，都只单买了源之助的画送去的。”

阿吉：“哼，多脏呀！你说起话来，总是把唾沫喷到人脸上，这是不行啊。”

阿又：“请你原谅吧！可你不也是聍耳臭得很么？”

阿吉：“那是病嘛，不久就会好的。倒是你鼻孔底下是那么通红的！”

阿又：“嗳，这也是虫的毛病嘛！[14]我可不像你那么样舔鼻屎哩。”

阿吉：“嗳，我也不像你那么样吃指甲呀！”

阿幸：“吉哥和又哥都不是吵架呀。大家来切一下指头，[15]来和解了吧！”

二人：“嗳！”

阿又：“喂，你伸出来吧！”

阿吉：“你先伸出来呀！”

阿幸：“从此以后大家要好，来取一下油保单[16]吧。——喉头一个大字，父母头上三株松树！呼，呼，呼！”[17]

阿胜：“喂，龟哥，给你这本书，也叫我当一个演员吧。”拿了一本绣像的合卷[18]给他，表示联络。

顽童首领阿龟：“唔，多谢，那么你入伙吧。后来，你充当什么呀？随后要演仁木弹正出现这一幕，幸哥扮作团十郎的男之助，从板廊底下出来，你那时就装做老鼠，衔着卷子钻出来吧。”[19]

阿胜：“我不干！那么，是要给幸哥用折扇打的。我不干，我不干！只是爬了出来，在头上打上一下子，那就什么威势都没有嘛！”

阿龟：“那么，那个，你在被幸哥踏着的时候，你来瞪着眼睛，亮一下子相吧。”

阿幸：“我可不干！这么着，便是老鼠要比我男之助更强了！”

阿胜：“我也是不干！我当老鼠瞪着亮相，那么幸哥要痛打我的头罢。”

阿龟：“既然如此，后来再说吧。——喂，大家进去吧！啊略亮龙头，啊略亮，亮亮亮亮！——”

在浴池里边，嘴里含了热水，四面乱喷，或是用手敲打，用热水互相浇头，闹得很厉害。

伙计：“呔，不安静一点么！这班小孩子真会吵闹呀！武部源藏先生[20]手下的学生都是顽童嘛。喂，你们不安静一点么！”

甲：“啊，伙计生气了！”

乙：“大家都注意：无言！”[21]

丙：“竹鹤龟松君，学习！”[22]

丁：“千万亿二郎君，学习！”

伙计：“还是闹么！”

戊：“你瞧！这都是你呀！”

己：“什么？是你起头的。”

庚：“不是我！那是那个孩子呀。”

辛：“明天还得要被扣留的吧，我给告诉老师去。”

壬：“羞！”[23]

辛：“唔，好脸子！”

壬：“羞！”

一三 | 醉汉的入浴

倒醉汉摇摇摆摆的走着，直着眼睛，装出气烘烘的神气，像是过路人，随后走了进来。

醉汉："这，这，这个伙伙计，在么？啊，在么，不在么？"

伙计："喳，是在这儿。"

醉汉："宾，宾头卢的小工[24]似的，拿，拿大鼎，[25]干，干么，高高的在那儿呢！哗哈哈，哈哈！"一面装出可怕的脸，时常吐出舌头来，大声的笑。——"你大概是澡堂子的伙计了吧？"

伙计："正是。"

醉汉："没，没有错么，伙计？名字叫什么？名字是叫伙计么？是伙计三津五郎么？[26]我，我看过去可是有六个，那么是伙计六身五郎吧！——洗澡几何钱？十文么？"拿出钱袋来，看着钱柜上头所贴的纸条："什么？奴四文吗？唔，奴是四文，和尚多少呢？汉子十文，奴如果是四文，那么和尚可不是白洗么？[27]嗳，伙计，怎样，对不对？"

伙计笑着："嘿，嘿，嘿！这不是说奴四文。这乃是米糠四文。"[28]

醉汉："唔，什么，米糠四文么？唔，唔，这个奴字用力的写，便读作奴了。[29]如果是米糠，那么写得像糠字，叫大家都懂得那

样写吧！这奴字往上写去，可以读作细鬓奴，往下来便是剃下奴了。[30]伙计，你不知道么？”

伙计：“是，我全不知道。”

醉汉：“你不知道，就饶了你吧。——那个糠，连袋是四文么？”

伙计：“不，单是糠四文钱。”

醉汉：“哼，糠钱么？”

伙计：“是。”

醉汉：“哼，那么——呃！（打饱嗝，）去叫喊着说，糠钱伙计钱四文，走着卖岂不好么。哗哈哈，哈哈！”笑着回顾四面的情形。“什么，那是药的广告么？”

伙计：“喳，那正是的。”

醉汉：“种种的方法弄钱呀。”

伙计：“是。”

醉汉：“单靠澡堂不够浇裹么？”

伙计：“是，受各方面委托销售，没有办法给他们代销的。嘿，嘿，嘿！”

醉汉：“哼，冻瘃手不拉膏？伙计。”

伙计：“嗳。”

醉汉：“为什么冻瘃手不拉？”

伙计：“嗳。嘿，嘿，嘿！”

醉汉：“不呀！脚上有了冻瘃，不好走路，那么叫人拉了手，岂不好么？但是，在手上有了冻瘃的时候，脚是不拉的，那倒是不错的。痛得一脚都走不动的事情，可能会有，手不能拉的事情未必有吧，对不对？但是，有么？伙计，为，为什么是冻瘃手不拉膏呀？”

伙计：“嗳，这是说贴上去，手还没有拿开[31]就会好了，只是这个意思。”

醉汉：“嗨，真是弄不清楚的伙计。手不拉的事情哪里会有呢？——啊，这边是风流，八人丸不是的，那个，是八人汤呢，还是八人散呀？”

伙计：“嗳，那是八人艺。”

醉汉：“哼，艺么？呀，那是不知道的药呀！说什么风流，那么是风邪药吧。”

伙计：“不，这叫作八人艺，是一个人表演八个人的艺技的。”[32]

醉汉：“啊，你卖的奇妙的东西呀。要卖多少钱？”

伙计：“不，这不是出卖的物事。也还不是看的，这乃是听的东西。”

醉汉：“啊，正因为有效，[33]所以是好呀。”

伙计：“大概是六十四文吧。”

醉汉：“啊，便宜得很，一个人算是八文。比澡堂的钱还要便宜嘛。吃了这药，演起八人艺来，一个人八文，八八共计六十四文，洗澡的时候只要付给一个人份十文钱。结算下来，每回有五十四文的赢余。因为如此，所以请等一下子。喂，伙计，这虽然不是出卖的物事，至少不能卖给我一半么？”

伙计：“啊，你完全听错了。那叫作八人艺，是个人哪。”

醉汉：“是人，那是知道的。”

伙计：“不，这不是在这里做的，乃是在别的地方做给你听。”

醉汉："是嘛，因为有效，所以要买啊。无效的药有什么用呢？"

伙计："不呀，那是演技的瞎子呀。"

醉汉："嗨！这个伙计真是怎么说了也不会懂的家伙。唉，醉了！呃！（打嗝，）唉，真是麻烦透了的人。"又皱着眉头，四面张望着。"那个，那边是什么呀？呀，写的有点认不得。我认不得，那么谁也不会认得的了。伙计，那个，那，那是什么呀？"

伙计："嗳，那是读作戏读谈[34]的。"

醉汉："唔，是解毒丸么？"

伙计："不，那就是落语呀。"[35]

醉汉："唔，唔，出卖种种的东西，生意真做得广呀！所以上那么高的地方去坐着的嘛！哈哈。——那个那个，那药是第一了！这是说不出的妙药。呃！（打嗝，）伙计，呃！（打嗝，）唉，醉了醉了。——那个物事，叫作夜巴伊的药，无论怎么样是非卖不可的。这回就是说不卖，也还要买。"

伙计："那是什么？"

醉汉："那，那个，那个物事，那夜巴伊的药呀！"

伙计："嗳，那个么？哈哈哈，哈哈！那个呀，您知道，乃是夜巴利的药啊！"[36]

醉汉："夜巴利是什么？"

伙计："这是医小孩溺床的药呀。哈哈哈！"

醉汉将广告重念一遍，也哈哈大笑。"这里给你十二文，连米糠也算在里边吧。还有手巾，要新的借给我一条。洗一个澡去醒醒醉吧。阿唷嗨！[37]这个，伙计，我的草履不论是长刀也好，长枪也好，[38]给人错穿可是不行的啊！如果穿错了，那么我要拿一双皮底的[39]作赔偿的。伙计，你用心看着。”说罢，要向楼梯那边走去。

伙计：“嗳，喂喂！楼上是人家包了的，请你到底下来吧。”

醉汉：“伙计，你老是说什么话。到处都是在楼上脱衣服，说是包了，是怎么的？一年三百六十天，昼夜十二时间，饭也不吃，茶也不喝，家里的事也不办，包了这楼房，老洗着澡，这样的人哪里有呢？如果是有的，那么叫他到这里来！我来对付他。假如有包租的家伙，那便是居心不良的人，我来说明利害给他听。”

伙计：“不呀，说是包租，乃是衣柜[40]都给店铺的爷们租去了，没有脱衣服的地方。你倒真是不懂得情理，应付起来很麻烦的人啊。”

醉汉：“伙计，什么，我倒真是不懂得情理，应付起来很麻烦的汉子？”

伙计：“可不是！那是那些店铺的……”

醉汉：“不呀，店铺也好，柿脯也好，我的衣服我自己来脱，我的肾囊自己捏着，我自己洗澡，那都是我的自由。澡汤是你那边的物事，钱是我自己的物事，所以洗了澡之后，如果那包租的人有什么闲话，我等身上的汤气都凉了再回去，那时候你把洗澡钱也归还我好了。什么，这样懂得情理的事再也没有了吧。——什，什么！在那里的家伙看了我在笑。这人岂有此理！有什么可笑？呔，到这里来，我来对付你！你，不滚下来么！”

一四 | 醉汉续前以及雨伞店六郎兵卫的出丧

楼上的伙计[41]看不过去，从楼梯上面来劝说："喂喂！请到这上边来吧。"

醉汉仰起头来看："什么？你是什么人？现出真形来吧！"

楼上伙计："嗳，我是管这楼上的人。"

醉汉："唔，管楼上的么？"

楼上伙计："是的。"

醉汉："是还没有修炼成大伙计的么？[42]好吧，好吧。这么的样，我就算了吧。喂，伙计，像楼下的汉子那么不懂事的人是再也没有的了。"走上搂来。楼上的衣柜都是包租的，门上都贴着纸，上边写着各家的记号。醉汉向四面望了一下："喂，伙计，你喝的是什么呀？"

楼上伙计："嗳，是香煎[43]。"

醉汉："哼，不是八人艺么？"

楼上伙计："不，不是那么样的东西。"

醉汉："这要钱么？"

楼上伙计："不，这不是出卖的东西。我因为不喜欢喝茶，所以吃着这个。这是我一个人所吃的物事。"

醉汉："唔，那么这就了解了。——分给我一杯喝吧！"喝了一口。"呃！（饱嗝，）嗳，这醒酒是很好的。"

楼上伙计："是。"

醉汉："是不要钱吧？"

楼上伙计："是。"

醉汉："那么，再给我一杯吧。"

楼上伙计："是，是。"

醉汉再喝："嗳！好得很！伙计。"

楼上伙计："是。嘿，嘿，嘿。"

醉汉："这醒酒是很好的，伙计！"

楼上伙计："是，是么？"

醉汉："哈哈，伙计，你在吃什么像是好吃的东西。那是什么呀？"

楼上伙计："因为太是无聊了，买了点什么，当作下午的点心来吃。"

醉汉："唔，下午的点心么？我倒也想点点心哩。哈哈，包在竹箬里的，咦，这个，伙计，当然是你买的吧，可是，这也分给我一点，怎么样？光是拿给人看着，那是不行的啊！"

楼上伙计："嗳，这是咬过了的，不干净呀。"

醉汉："什么，一点都没有妨碍。这叫作什么呀？"

楼上伙计："嗳，那个是叫作阿市的一种点心。"[44]

醉汉："唔，如果是阿市，那该是馒头吧。[45]啊，这就是看了，也可以醒酒。"

楼上伙计："喂，这么的用手去摸它，……"

醉汉："为什么不行呢？你吃的东西，我去摸了，这反正于你无碍，用不着打招呼。那么倒还是把手舔过了，又去摸别个，再来舔它，那更好吧。喂，伙计，再给我来它一杯。"

楼上伙计："是。"这回伙计勉勉强强的倒了一杯香煎，把点心的纸袋拉到一旁去。

醉汉舔着手指，一口口的喝茶："摸了糖之后，再来舔手指头，又是特别的好，伙计。放在这茶汤里边的东西，就是这点心的碎末吧？"

楼上伙计："不，不，这乃是香煎。"

醉汉："哼，从哪里去要了来的呢？"

楼上伙计："这个，您知道，是买了来的。"

醉汉："哼，拿出钱去买的么？伙计，这醒酒真是很好的。"

楼上伙计："是。"脸上皱着眉头。

醉汉："再给一杯！如果麻烦，就把那开水壶和粉罐借给我，拿过这边来吧。好让我随意的喝。伙计，这醒酒是很好的。洗了澡之后来喝，也不要钱么？"

楼上伙计："是。"

醉汉："那么着，先去洗一下子，洗了澡之后再来喝吧。好容易这总算是脱光了。伙计，那个，那像摔跤的人的灸疮似的，贴着纸的那些橱门是什么呀？"[46]

楼上伙计："那是包租了的衣柜。那纸上写着的是各店铺的记号。"

醉汉："哼，在那小小的衣柜里，有人钻在里边么？"

楼上伙计："不，那是放衣服的橱子。"

醉汉："我还以为，那包租的家伙就睡在这里面呢。这席子不是包租了的吧？"

楼上伙计："对。"

醉汉："唔，不要钱吧？"

楼上伙计：“是。”

醉汉：“那么好吧！呃（大饱嗝，）伙计，且去洗一个澡，再来喝吧。醒酒真是很好的。”摇摇摆摆的走下楼梯来。

金兵卫：“来了要不得的人。就是倒醉，也不能那么太过分的。对不起，伙计爷？——源四郎，那可不是个奇妙的家伙么？”

源四郎：“对呀。我一直从前就想从旁开口，可是想吵起架来不好，所以忍耐下来了。”

楼上伙计：“啊呀呀！真是意想不到的家伙！”

源四郎：“呀，听说雨伞店的六郎兵卫故去了。”

金兵卫：“啊呀，那是可悲伤的。”

源四郎：“金兵卫，你也要去吊的吧？”

金兵卫：“因为是很久的相识，所以也要跟着去吧。出丧是明天的什么时候呀？”

源四郎：“大概是四点[47]吧。寺很远哩。”

金兵卫：“啊，是哪一方面？”

源四郎：“听说从目黑的章鱼药师[48]走下去，还有十五六町的路呢。”

金兵卫：“那是很远很远。照平常的样子，说是四点，总要拖到四点半，或者到得九点，[49]但是这回因为远，或者早点出发吧。”

源四郎：“是吧。不过出丧不管远近，反正总是耗费一天的工夫。回来以后，什么事情也不能干嘛。”

金兵卫：“正是呀。而且，方向也不好呀！说不定送葬回来还要花费两天哩。”[50]

源四郎："也会得有出事的人吧。"[51]

金兵卫："六郎兵卫晚年很不差。儿子们都长得匀称，也都壮健，女儿们各各出嫁，连孙子也有五六个了。现在老了，[52]没有什么放不下的事情。那个人在年轻的时候辛苦过来，所以年老了过着快乐日子。现今的小伙子是老来要辛苦了。一生行为正是颠倒过来的。唉，是很久的相识了嘛！南无阿弥陀佛，啊啊，南无阿弥陀佛！"

源四郎："那一班下蹩脚象棋[53]的人们，又像苍蝇似的聚集起来了。"

一五｜澡堂楼上的象棋

五六个人聚集一处，在下象棋。

太吉："咦，横街的宗桂[54]出马啦！又是想来输一回的吧。"

源四郎："什么，这个下屎棋的，太吉什么，先给他一点糖舔，他就真以为是得了胜了。"

太吉："喂，那么，以后就教训你一下吧。"

源四郎："去吃你的屎去呗！[55]我叫你要叫苦不迭哩。五个节头[56]你送多少钱呢？"从背后张望过去："怎么的，这之后怎样了？哈哈，弄坏了嘛！要输了。照以前的情形，正是一盘赢的象棋呀。一会儿不看着，就成了那么样了。"

先藏："这样也行。我来赢给你看吧。"

后兵卫："刚才把飞车和角行两个都丢了，所以正弄得没有办法哩。漂亮话也说不出来了。”

先藏：“单靠飞车和角行，是下不成象棋的。我是要取王将哩。喂，将呀！”

后兵卫：“那么，就是连马！[57]喂，且来等一下子！”

先藏：“真是臭棋啊！”[58]

后兵卫：“银将可惜。这里用了桂马，那边将了，将了！”

先藏：“真讨厌！也还是用了银将倒好了。”

后兵卫：“哼哼，妙手下棋嘛！喂，逃吧，逃吧！好么，好么？已经逃了。那么给他怎么下好呢？那么，再把角将顶上一格去吧。”[59]

先藏：“您把角将顶上一格去么？呀，您把角将顶上一格去么？那么，就那样下。用了那个来吃呢？这样地来，那么地去，若是退走了，从屁股后边吧嗒的给一下子。总之且试了看吧。”

后兵卫：“哈哈，干出好玩的事来了！用飞车来将，滑脱了的时候，就来吃银将的打算吧。”

先藏：“什么，飞车也不要呀！”

源四郎：“这些人的象棋，不想去围老将，只是觉得飞车和角将可惜哩！喂，不要老捏着棋子，尽量地着下去呀。”

先藏：“你看着别则声呀！非汝辈之所知也嘛。——喂喂，快点下吧！拙手思索，有似休息。”[60]

后兵卫：“什么，略为一子下得好点，就说漂亮话么。拙手思索，有似休息，呗！”（模仿他的说话。）“咦，这个计策倒是极妙哩。喂，来吧！”

先藏：“呀，吃吧，吃吧！”

山

后兵卫："不，着吧着吧，先着来吧。"

先藏："吃了来吧，吃了来吧！好的，好的。喂，将呀！啊，逃了逃了。桃子树上的大木瓜。[61]咦，桃子树上的大木瓜！怎么办好呀？用这个去么，用那个去么？那么先这样去吧。呀，痛快痛快。桃子树上的大木瓜。将呀！喂，怎么样？"

后兵卫："啊，冬瓜外加牡丹花么？[62]这样子退下来。从脑袋上头吧嗒的一下子！"

先藏："啊，南无阿弥陀佛了。"

太吉："还有呢，还有吧！角将退下来，丢掉好了。"

后兵卫："这样也还是不行嘛。"

太吉："什么，行啊！退下来，丢掉了吧！"

先藏："嗳，吵闹得很！肃静，肃静！[63]五个人来对付一个嘛。要用了大家的聪明，来打败我一个人么，可怜呀可怜。——丢掉了么？喂，又是将！"

太吉："喂，这是抢，这是抢了！"

先藏："唉，完了！那地方有桂马，我全不知道。这里又不好说你且等一下子的嘛。"

后兵卫："那么你手里是——"

先藏："手里是多得很，[64]王三个，飞车角六个。"

后兵卫："别说玩话了！"

先藏："手里说是多得很，可是想悔（香桂）也都来不及，金阁（角）寺的和尚。"[65]

后兵卫："有银么？"

先藏："银有的是一步或两步。"[66]

源四郎："怎么样交出去了么？"

后兵卫："丢掉的很干净。棋子全不要。"

先藏："哼，那么单用棋盘来着好吧。不怕得输，树上边滑下了胡猕来。[67]用心的打，别让老将陷敌[68]吧。叫兵过了河去看。"

后兵卫："那么，姑娘们先来领受了这金吧！"[69]

先藏："啊呀，可惜得很。成金[70]给吃去了么？那么，这盘象棋是陀佛了么？咦，那么这盘象棋是陀佛了。这样办吧！"

后兵卫："呀，等一下子！这就蹲在这里的么？那么就用这香车来吃这金将吧。这样你就逃不了了。"

先藏："怎么，怎么，干什么呀！两三转以前下的都变动过了，连这边的棋子都移动着，真是太费心了！一个人下两边的棋嘛。喂，请看那个样子。好像是在同少大人对下着的样子。那样行么？什么事情都遵照着佛爷所说的做去。这样像心随意的象棋，简直是名人[71]的派头嘛！还亏得说什么抢了俺家的皮褡裢了，那么来攻别人。"

后兵卫："很妙的攻过来了。等一会儿吧。这里是要思前呀想后了。[72]咦，这里是要思前呀想后了。被攻了过来，是有点非辟易[73]不可了。这倒是，有点儿要辟易了！咦，你攻过来么？你们那么用力的逼迫，也正是本身的职务吧。"[74]

先藏："职务这字也并没有两个呀。铮点！"[75]

源四郎："啊，逃到那里去是很吃亏的。逃到那隔壁去，让他多花一着棋子好吧。"

先藏："真会多嘴呀！"

太吉：“有一个妙着！——有了庙末也有大桥呀。”[76]

源四郎：“唔，哼，眼睛昏了，所以看不见哩。”

先藏：“闭了嘴死去吧！别说话！”

后兵卫：“并不是什么都不说的人啊！”[77]

先藏：“咦，并不是什么都不说的人啊！喂，哪里去？”

后兵卫：“这里逃。”

源四郎：“嗳，坏了，坏了！那么的逃是不行的。”

太吉：“喂，吧塔一下子。”

先藏：“嗳，杭育，走吧！”[78]

后兵卫：“嗳，杭育，走吧！”

先藏：“嗳，杭育，走吧！”

源四郎：“喂，喂，这里你疏忽了！”

先藏：“呀，并不是什么都不说的人啊。”

后兵卫：“咦，并不是什么的人啊，那么就吃了。”

太吉：“行么，行么？”

先藏：“那个，并不是什么都不说的人啊，请进茅厕里去吧！[79]臭得很，臭得很。”

后兵卫：“真讨厌！终于落了茅厕了。”

先藏：“呀，太不中用，太不中用！”

源四郎：“好吧，好吧，我来给报仇。”

太吉：“我来吧！”

源四郎：“嗳，你且等一下子。”

先藏[80]：“又是蹩脚脚色，不管金银都当不得对手。呃哼，呃哼！”[81]

一六 | 母亲来叫太吉

五十多岁的老奶奶从家里来找她的儿子，从门口就说话道："我们家的太吉在干些什么呀？"说着就走上楼梯来，发话道："喂，太吉，这个宝贝是在干些什么呀！阿爹事情没有做完，现在刚要到店里去，正在等着你回去哩。先头一直伸长了脖子，想着就回来了吧，就回来了吧，一再等候着也不回来。我生怕阿爹会得要发急起来，心里老是惊慌着，真是真是太不会体谅人了。好不阔气，吃过饭一放下饭碗，立刻说是洗澡去也，拿了手巾想往外走。试想现今几岁了！廿三廿四，年纪老是长着，还是尽要我忙着照管。要是照平常来说，正当娶了妻子，给父母过好日子的时候了呀。你看看世间别的大爷们好了。像你那个样子，昏都都的游玩着的人一个也没有。懒惰的家伙照例谁也想不出什么好的事情来。我看也不想看见，如果有本领，去做到下象棋也有饭吃，那倒也好了，像你那么容易厌倦的人，一会儿就厌了，什么事情都没有一件做得好的。要是你悔恨的话，去把头撞那石墙上，死了完结也好吧。你这样的人，就是死掉了父母也不会得哭的。"这一句话是从怀念儿子的父母的心里出来的强硬意见，可是其中自然的包含着慈爱之情。——"不呀，现在是，对于大家虽然很是吵闹，我要说再也没有什么觉得怜惜了。真是真是没有办法的懒惰家伙，可恨的不得了。托了你的福，我老是挨着阿爹的骂。我是暗的明的都顾到，在阿爹面前给敷衍过去，可是那么也还是常常失败。人这东西，总之在哪里有一丁点儿可取的地方，就只是这个人，连鸬鹚的毫毛[82]触一下子的地方也都没有。据说什么和父母不像的儿子叫作鬼儿子，[83]阿爹是嫌恶一切歪曲的事情的人，生了这么样的一个儿子，我真是对于世人觉得没有脸呀！在你们面前说这话，虽然是不大好，总之是因为朋友不好的缘故呀！好好的在家内干着事，总是来要把他勾引出去。”不觉得自己儿子的不好，老是怨恨别家的儿子，这是愚痴无知的母亲的常情，反而容易把儿子引入恶道去。凡为母亲的，对于这类的事情，须要好好的警戒。[84]“有四五天蹲在家里，啊呀啊呀，刚才觉得有点放心，又是跑进跑出，真是一会儿都不得安定。啊呀，真是命根子都要缩短了。喂，喂，回去了，回去了！这算是什么一回事呢。”

太吉：“现在就回去。”

奶奶：“不是什么现在就回去。叫你立刻回去呀！”说了，下楼梯去了。

源四郎：“太吉这家伙，给奶奶露了底了！要是你悔恨的话，去把头撞那石墙上，死了完结也好吧。你这样的人，就是死掉了父母也不会得哭的。”（模仿人家说话。）

太吉：“死了的话，第一个跑来哭吧。”说这种狡猾的话，也正是被纵容惯了的余毒的表示。

甲：（同样的模仿说话，）“总之是因为朋友不好的缘故呀！”

源四郎：“喳，正是如是嘛。——请您给点儿吧！”[85]

楼上伙计：“喂，喂，太吉，请你回去吧。不要违背父母的说话。不孝父母，老来又要遇着自己儿子的不孝的。”

大家：“喂，回去吧，回去吧。”

太吉：“嗳，洗澡没有热透，有点儿冷了。——澡堂里边发出什么奇妙的声音来了！”

源四郎：“真是的。”

楼上伙计：“那是瞎子和尚[86]们来了，所以大概是在唱仙台净琉璃[87]吧。”

一七 | 瞎子唱仙台弹词

五个同来的瞎子，其中两个人在澡堂里演唱仙台净琉璃弹词。

甲：“在这个当儿，这里又是，九郎判官[88]义经老爷，向着八岛，开拔下去了！（拉长。）却说，那天的装扮是，上边披着红地刺绣的直垂，[89]底下披着蓝色的，芦花[90]的褔袍。（拉长。）跟随着的人士是，龟井片冈，伊势骏河，西塔的武藏和尚，[91]他们都跟随着，像是泥水从屁股上流下来[92]的样子，开拔下去。（拉长。）明天又开拔下去！（拉长。）后天还开拔下去！（拉长。）乱七八糟的开拔下去。

却说，那位大将，因为是走长路，也疲倦极了。怎么样，辨庆呀，我来出谜面，[93]你不想猜猜看么？这么的吩咐了的话，辨庆道，是大将的吩咐嘛，来猜猜看吧。那么就来出谜面吧！且道一个香瓜，这作怎么解释呢？这么的吩咐了，辨庆便把头歪过来一点，想起来了！（拉长。）慢慢的想着了，这是容易懂得很，且说谜面是香瓜，那么谜底乃是田原藤太秀乡[94]吧。理由是什么呢？这是说不剥皮没有办法。[95]大将全然折服了，这样看来，辨庆真又是日本第一的猜谜的名人呀！大家欢欢喜喜的，高高兴兴的到了八岛的岸边了。且说，了不得的很大的战斗就发生了。

那时，西塔的武藏和尚辨庆，挥动着刀柄也长四尺，刀身也长四尺，总共八尺的长刀，在旁边的那些鼻子便都有点危险了！你呀，长刀从哪地方钻出来？从荷包儿里钻了出来。你呀，到这儿来，把头砍了呗！他这样的说着，平家的军兵道，啊呀，辨庆生了气了！于是在肚脐底下念着桑原桑原，[96]在头上边唱着万岁乐[97]四面乱窜。劈顶，切梨，切圆段，各样都来，有在头上被砍的，也有在臂膊上被砍的，可是受伤[98]倒并没有哩！（拉长。）这可受不了，军兵大众都把在那里四面的碎片拾起来补上，有的将下巴颏儿的碎片补在脚跟上，有的将脚跟的碎片补在下巴上。有的人在下巴上长了皴瘃，有的在脚跟上生了胡须，[99]辨庆四面奔跑，却有三尺长的蚯蚓的刺，[100]刺在他头上的后脑勺那里。这怎么办好呢？咦，用了老豆腐的黑烧[101]搽上去，据说是好的！（中略。[102]）圣代连续万万年，上下贵贱在一起，没有不是感动的！”

大家：（在澡堂里的一起说，）“好呀，好呀！”

一八 | 瞎子与醉汉与豪杰[103]

有个瞎子自以为感觉敏捷，同亮眼人一样的，从澡堂里走了出来。感觉迟钝的瞎子像戏台上暗中决斗那模样，出来时几乎头同头都摩擦着。一个瞎子用小木桶盛了热水，两手推着在地板上滑走过来，和从澡堂里出来的瞎子两头相撞。

柿市[104]："啊唷，啊唷！"

栗市："啊唷，痛呀！同瞎人碰头，那真是亮眼瞎了！"

柿市："呀，这家伙，你那边碰了过来，却把我要说的话先说了去了。你这才真是亮眼瞎哩！"

栗市："啊呀，你才真是亮眼瞎哩！"

柿市："不，我乃是闭着眼的瞎子呀。"

栗市："不，我也是闭着眼的瞎子呀。"

柿市："还要学嘴学舌地说话么，欺侮人家是瞎子！"

栗市："怪气！这个声音好像是听见过的哩。"

柿市："唔，唔，的确，我好像也是听见过的。"歪了头想着。

栗市："啊啊，你不是柿市老板么？"

柿市："正是，你也不就是栗市老板么？"

二人："啊呀，这真是，这真是——"

柿市："那以后，没有得见面。"

栗市："别后，你身体都好么？"

柿市："在桃栗勾当那里会见以来，正是三年了。"

栗市："正是呀。要不是刚才疏忽，冲撞一下子，几乎就要当面错过了。你头不痛么？"

柿市："不，不，一点没有什么。你的脑壳呢？"

栗市："不，一点都不痛。可是两个座头彼此撞头，这叫作对头一双，[105]古老有这话的。"

二人："哈哈哈，哈哈哈！"

柿市："喂，柚市，你不是要给我舀热水的么？"

柚市："刚才舀来，放在这里的。"

柿市："这里并没有呀。"

柚市："咦，怪气了。是刚刚舀了的嘛！果然没有。"又去舀了一桶来，放在旁边，以前的那个醉汉把那桶水偷偷的拿过来，放在一旁，又去把这一桶也藏过了。[106]

柿市："还没有舀么？"

柚市："现在舀好在那里了。"

柿市："这里没有呀！"

柚市："又是没有么？这是奇了！是你用过了，却是说这样的话吧？"

柿市："你说什么呀？我用还没有用呢。咦，怪气！"

柚市："咦，怪气！"又去舀了一桶水来。醉汉还想去拿过来的时候，他的手被柿市紧紧地抓住了。

柿市："喂，且住，偷热水的家伙抓住了！"说着话时醉汉摔脱了手，恰巧柚市伸过手来，给柿市一把抓着了。

柿市："你是个坏东西，一直从前不知道用过了多少桶水了！"

柚市："喂，喂，这是我的手，我的手呀！"

柿市："什么，是柚市吗？"

柚市："是呀，是我嘛。我刚用这手舀了热水来的嘛！"

柿市："咦，怪气呀！"

柚市："咦，怪气呀！"这时候醉汉又把水桶藏过了。

柿市："舀来在哪里呢？"

柚市："喏，就在这里。——啊呀！"

柿市："喂，在哪里？"

柚市："啊呀，刚才舀了来的呢！咦，怪气呀！"

柿市："咦，怪气呀！"

醉汉笑着："喂，把这热水送给了你们吧。咦，有什么开玩笑的坏家伙在这里呢！喂喂，这都是新舀来的哩！"把以前的四五小桶的热水给了瞎子们。

柿市："嗳，嗳，这多谢得很。"

柚市："谢谢你了。可是，有开玩笑的坏家伙在这里呢！"他对于他自己舀来的热水道谢。

醉汉："坏家伙！哈哈哈，哈哈哈。——可是，你们的眼睛是怎么瞎的？"

柿市："嗳，因为疳病[107]呀。"

醉汉："哼，对啦。夏天晒晾衣服，所以没有三伏的虫，可是寒天的虫[108]是谁也不晒的嘛！”

柿市：“是么？”脸上显出莫名其妙的神气。

醉汉：“不呀，寒天的虫是谁也不晒的。”

柿市：“那是什么事呀？”

醉汉：“说寒天的虫呀。”

柿市：“不，我这是说五痔，是种种的痔的毛病。”

醉汉：“哈哈，是毛病么？种种的借钱的毛病，反正只不过是五贯，也还不到一两银子，那么这真是所谓什么烂眼钱罢了。”[109]

柿市：“咦，这错听到哪里去了！哈哈哈。”

醉汉：“不，没有什么可笑的事。——喂，你那位座头，你也是为的借钱的毛病么？”

柚市：“嗳，不，我乃是因为疮毒[110]。”

醉汉：“说疮毒，那是什么呀？”

柚市：“嗳，嘿嘿！”

醉汉：“不，没有什么可笑的事。疮毒乡下掘芋头去么？”[111]

柚市认为这是什么逗趣的话：“哈哈哈，大概就是那么一回事吧。”

醉汉：“那么，这倒是有很好的料理法的。”[112]

柚市：“嗳，吃什么好呢？”

醉汉：“不，有料理法哩。有医法呀。”

二人：“是么？”

醉汉：“每天挑着箱子，去叫唤走着好了。”

二人：“嘿，那是什么呀？”

醉汉：“那个不知道么？”

二人："不曾知道。"

醉汉："叫唤说修理下疳疮毒喽！"[113]

二人："哈哈哈，哈哈哈！"

醉汉："可是，你们一年三百六十天都闭着眼睛，平常不觉得渴睡吧？"

柚市："嘿嘿嘿，眼睛虽是闭着，心里却是没有睡觉，所以睡的时候还是要睡的。怀胎的女人虽说是肚子大，可是不吃食也不成，正是这个道理嘛。"

醉汉："的确，这道理是对的。——那边的人汤泡得很红的。不客气的说，要是个章鱼呢，那个头倒是很有价值的哩！[114]这边的座头是白座头和黑座头，那为了寒天的虫瞎了眼的算是冰座头吧。这些座头倒都是听见过的，就是红座头很少见。"

栗市："嗳，我是混杂在赤小豆[115]里的啊。"

醉汉："唔，好的，好的。喂，你也是疮毒么？"

栗市："不，是疹子到了眼里去了。"

醉汉："哈哈，疹子？咦，了不得的东西走进眼睛里去了。进去的时候，怎么说的呢？"

栗市："不，什么也没有说。"

醉汉："咦，真是粗卤的家伙。走到要紧的眼睛里去，不打一声招呼，真不懂规矩呀。疹子倒还是运气的哩。如果是海狗进去了的话，那才真是老要睡觉了吧。[116]眼睛里进了去，那可不是眼病了么？"

栗市："对了。"

下之巻四葉
北川美丸画

醉汉："咦，那真是不幸了。眼睛乃是人的眼珠嘛。进到人家当作眼珠的眼睛里去，生了眼病，那当然要成为瞎子了。"

在这时候，后边的一个人站着，拿热的净水浇洗身子。恰巧又有一个人舀了一小桶冷水，端着走来，滑了跌倒，直淋在醉汉的头上。

醉汉："啊，啊，冷得很！喂，喂！嘿，那边的汉子，为什么站着浇水，溅到我身上来！还有还有，嘿，这边的汉子，为什么跌倒，用冷水浇我的？"

甲乙："嗳，对不起！这是不注意，没有法子。"

醉汉："什么，不注意？喂，那人的跌倒可以说是不注意算了，冷水浇在我身上，说不注意就可以算了么？把人家放在汤里一泡，又过上冷水，想当作野小子的凉面[117]那么去做么？"

甲乙："哈哈哈！"

醉汉："不，别笑！没有什么可笑的！拿水来泼了人，那才真是泼水吵架[118]了。你们两个我都来应付。喂，这个样子，像是水瓶落在老鼠里[119]那么烂湿了。这决不能原谅的。你们两个都等着吧！喂，伙计，一直从前就想要打架的对手，好容易才算有两个一起出来了。索性借一个笸箩给我，在浴池里去捞一下子，可能还有两三个人吧。喂喂，大家拿定主意吧！不要放走了那两个！放走了的话，我就来找伙计做对手。现在看着吧，我来怎么的干！"站了起来，摇摇摆摆地，踏在一块浮石[120]上头，噔的一下仰天跌倒了。

醉汉："啊唷，痛啊，痛啊！你们，出其不意的——"说着去看脚底下，乃是一块浮石。"什么，浮石么？不管浮石，不管哪个家伙，我都来应付！"可是弄错了对手，抓住了别一个豪杰的手。

豪杰把醉汉推开："什么，这个报应的家伙！[121]四个钱一吊子，一碗汤豆腐，[122]算是顶破费了，喝浑酒嚼糟的东西！这可不是个浑蛋么？也不想一想这是谁，就来找事。这边是从正月初二的初次澡堂起，直到三十大年夜的半夜为止，这种事情是决不害怕的，江户子[123]嘛！哪，这么说虽然似乎有点寒伧，——"

劝架的人："喂，这样算了吧！"

豪杰："唔，不，连你也来欺侮我么？这边是大抵的事情都是谅解的，好像是踩了叭儿狗的狗粪的那样面貌走过去算了。不懂得情理也要有个限度。这是在什么地方的汲水瓶上挂住的家伙[124]呀！水性也不识得的来吹水泡。喂，又不是听六十六部讲立山的故事，[125]从头那么恫吓一起，有什么用处！若是石菖蒲盆里的大眼子儿[126]，去追赶大小相应的舫斗虫[127]，倒也还有点相配，想去吞吃鲸鱼或是鳌鱼，那才是变把戏的好手哩。[128]好像鸭子要想爬上鹰架去的那副模样，要来和我打架，真是叫人要恶心煞。"

伙计："喂，这样算了，就谅解了吧。"

醉汉："什，什，什么！说鸭了么。鸭，鸭，鸭子是什，什么事呀？[129]

豪杰："什么，怎么啦？"

伙计："喂，喂。"

旁边的人："喂，你喝醉了酒，也太是啰嗦了。请你别再吵了吧。"

醉汉："醉，醉酒？我什么时候醉了？我并没有醉。如果以为我是醉了，真是的，[130]那就想错了，真是的！"

豪杰："喂，因为是醉汉，所以我忍耐过去了。要不然的话，我老早就把他揍了。”

醉汉：“啊，有趣得很。你就揍了来试，试试看吧！浑蛋！真是的，真是的又是真是的。来，来揍了试试看。真是的又是真是的。”

醉汉被两三个人所抓住，摇摇摆摆，晃晃荡荡的，好像是牵线木头的傀儡似的，眼睛却是定着，瞪着看人。豪杰也好容易经人劝止，分了开来。

伙计：“喂，你这事反正后来会明白的。大家都清楚知道，你就饶恕了算了。大不了是个醉汉，没有什么办法。”这样的劝走了，那个醉汉由大家帮忙，给他穿好衣服，送了出去。门口有许多小孩，大声叫喊。

小孩：“醉汉——嚼糟的！”

醉汉：“什，什么？这些胡涂虫！”

小孩：“这个大野猫！”

醉汉：“我，我如果是大野猫，那么你们便是大野狗！[131]我并没有醉！真是的，喂，真是的又是真是的。”

这之后，像是大风吹过似的，一切寂静。

一九 | 义太夫的师傅[132]

伙计：“呀，太夫老板，这一向——”[133]

这太夫像是一个教授义太夫节的男子：“哈，哈，这里很拥挤呀！”说着正要脱去用戏台旧幕改做的大袖子衣服的时候，看见一个在义太夫节教授所里，常要唱说第三段[134]的吧，梳着本田髻，露出前额，有点肥胖的汉子，正在绞他的手巾。

义游：“呀，师傅，您好早！”

太夫：“呀，义游老板，[135]已经洗完了么？昨天晚上真好景气呀！”

义游：“呀，在吞太夫[136]那里得到了援助。酒客演了纸治的茶室那一场[137]几乎全是盐町[138]的派头演唱着，看了也觉得讨厌，我想努力演出红梅箭箙[139]的二段，叫他们听一下好久没听到的石町[140]的口调，可是赤助说的，还不如以前从音十郎老板学的，那先斗町[141]唱的顺口，没有问题的好，便换了别的了。”音十郎即是泉屋音十郎，是唱净琉璃的票友的名人，系说故人松主的事情。

太夫：“哈，哈，那么你是单枪匹马呀！可是你的净琉璃，又还是照着住老板的一套习气挺下去好，那是更有好处。听众欢迎，多一成利益。”

义游：“啊，昨天晚上又是那浪花，照例用了那锅屋的派头，造起阁楼来了。[142]彼人也正是僭人呀！”锅屋是说的丰竹麓太夫的事情。僭人是说唱净琉璃特别摆出架子，要装作演唱得好，随意的乱唱的人。大概因为说僭妄的话，所以称作僭人的吧。这些都是关于净琉璃的俗语。

太夫：“是大大的僭人嘛！拿过东边来也未始不可，不过彼人也还是太过分了。可是，说好那是不行啊！真的东边腔，还不是，不是那么样的物事。——那白开水先生怎么啦？”丰竹越前掾这一边，连同若太夫麓太夫驹太夫等人，称作东边，竹本筑后掾那边，连同政太夫住太夫等人，则称作西边。[143]

义游："还是照例喝白开水，和发出擤鼻涕的声音，在台上老是咳嗽着哩。"

太夫："那个人演唱着的时候，真想把他从台上弄下来，一面当作听众，叫他自己来听一下呢。可是不能办到嘛。"

义游："连题会[144]还有些日子么？"

太夫："练习还有些余留呢。恐怕一下子还不会开得起来吧。——你有工夫来玩。"

义游："弦丝也见面么？"

太夫："近来很少看见他。"

义游："那家伙也总是那一套旧式的，拙劣的讨厌的声调呀。"二人说着别去。这样专说别人坏话的人，及至自己上台，唱的乱七八糟，给弹三弦的人尽量戏弄，听众说着坏话，满屋打呵欠的声音，也并不介意，还是流了汗唱着。这也正是在澡堂里，唱那第三段的人啊。

二〇｜老富与老金

老富："昨天，往大师河原[145]去了，啊，远得很，远得很！回来的路上，弯到羽田的辨天堂去，[146]走到大森的桥头的时候，疲倦极了。——喂，金公，好久没有听见你的潮来调[147]了。来唱它一点吧！”

金公：“哼，没有这样便宜的事情！这也都是很花了钱才学会了的嘛。说是练习潮来节，每天都花上六七十文大钱哩！”

富公：“为什么事那么花？”

金公：“碰见了澡堂，就进去洗澡呀！——明天还有杵屋[148]的演习会哩。”

富公：“在茶馆里么？”[149]

金公：“嗡，现今在澡堂里练习，以后是配了丝弦。”

富公：“那了不得的有趣！”

金公：“啊呀，在女澡堂那边，像是有人大声地说话哩。”

富公：“那是新开路的艺妓中间的老奶奶吧。”

金公：“到伙计的旁边去听听看吧？”

富公：“这倒是好玩的，好玩的。”

伙计道：男堂的遗漏，女堂的情形，虽是有种种好玩的事情，可是前编纸数有限，难以尽写，在后编里再来细叙吧。女堂的情节，很有趣的安排，写得之后，明春出板。大家恭喜恭喜。

新正期内提前收店。[150]

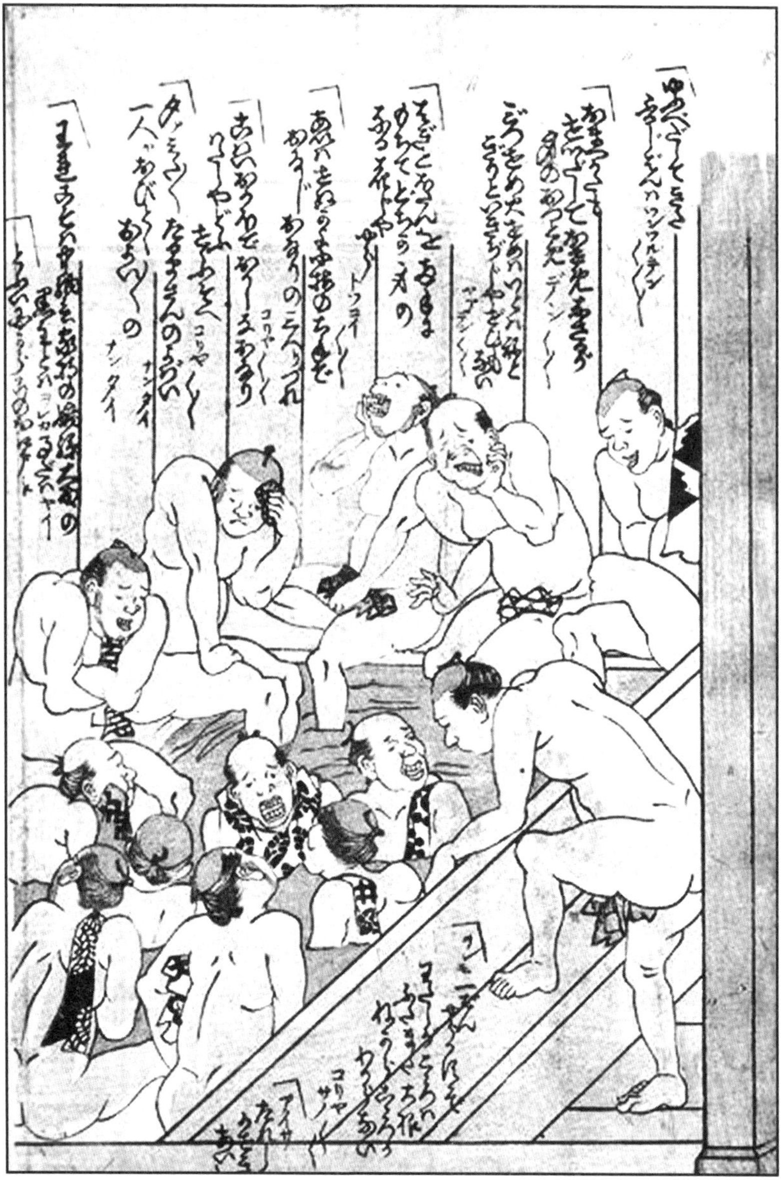

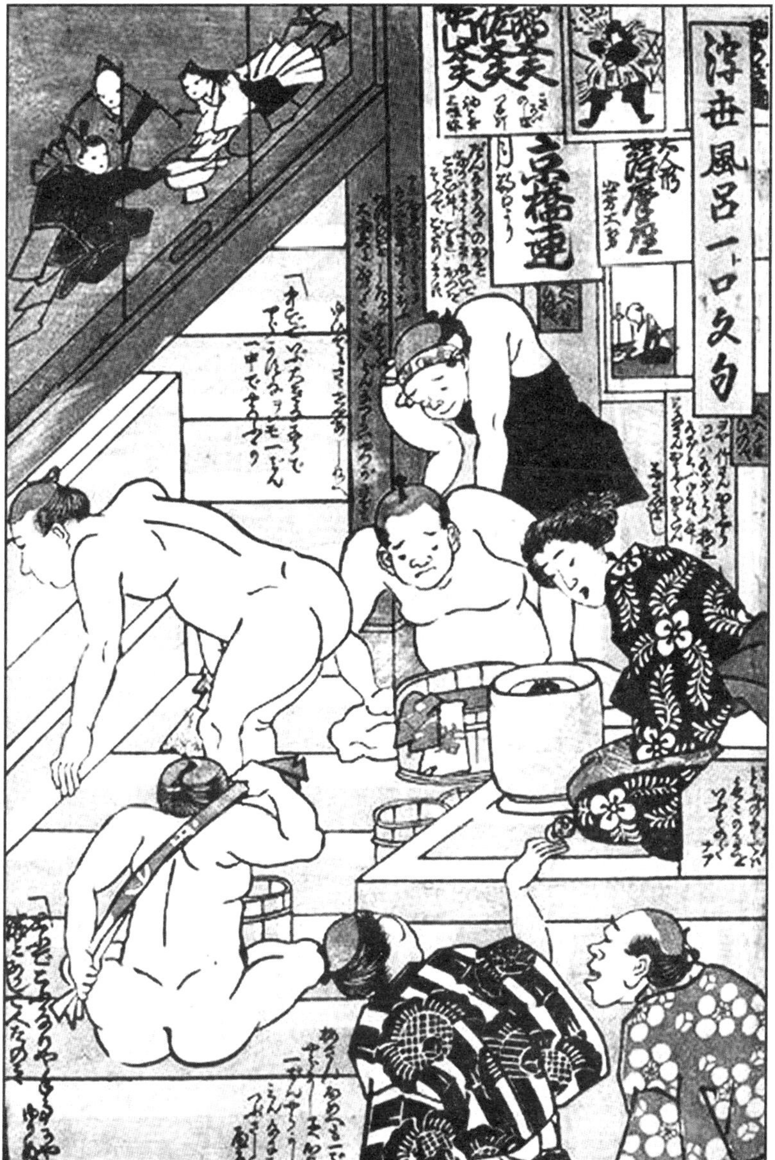
浮世風呂
京橋連

注 释

［1］御膳系对于贵人食品的敬语，虽然这里所说的甜酒只是市井常食。甜酒见前编卷上注［118］。白菊乃是甜酒的牌号，其实这种食品只是一种，这里不过加上一个名称，说来好听而已。市上卖甜酒的多不称全名，但高叫“甜的”。

［2］日本古时计时法参看前编卷上注［68］，所谓八点即是午后二时。旧式书塾通称寺儿屋，盖古代由寺院主办，后来乃有塾师主教，有读书习字各课，一般却只通称为习字，似乎乃是主课。

［3］出口氏本引《嬉游笑览》卷六下云，近时小儿一面跑着，一面歌唱着啊略亮溜，未能说明意义。今据三田村氏说，解作旧时消防队警告行人避道之词，原文“溜多”系“龙吐水”的讹略，即是“龙头”。后文小孩们含水四喷，与这事也正有关系。

［4］原本云“虫拳”，俗称“三怕”，实际只用三个手指代表三种虫，即大拇指是蛙，次指是蛇，小指则是蛞蝓，相传蛙怕蛇，蛇怕蛞蝓，蛞蝓又怕蛙，小孩以此决定胜负。三怕亦作狐狸、洋枪与村长。

［5］“摊眼”系用南方小孩习惯语意译，原语意云红眼睛。小孩对别人的需索或恐吓予以拒绝，常以手指按眼下睑皮，使赤肉微露，意思说羞不羞?

［6］这是一种扁圆的螺蛳壳，小孩们拿了来弹着游戏，有各样规则，分别输赢。

［7］戏上打仗普通有刀兵打仗和架势打仗两样，这里所说可能是属于后者。

［8］日本旧时规定，凡在大家服役的男女，以及工商的徒弟等人，通年没有休假，只在春秋两次，即正月七月十六日，可以回家休息，一二天不等。这种风俗沿至近时还是存在。

［9］高丽屋等都是指当时歌舞伎的有名演员。出口氏注引山中翁说云，高丽屋当是说第五代的松本幸四郎，其余为第二代坂东三津五郎与第五代岩井半四郎。

［10］这是日本旧剧里演员的一种动作，很有神气的表示，最能博得看客的喜欢。

［11］俗语称善于啼哭的小孩曰哭虫。出口氏引方言别有解释，但难能说得恰好，故不取新说。

［12］丰国是画家的名字，姓歌川，为歌川派浮世绘师有名之一人，所画俳优像最有名。

［13］三田村氏本云，源之助疑即第四代宗十郎，但出口氏本引山中说，云系第二代高助的改名。

［14］“虫”，可解作蛔虫，但在通用意义中不如更作广义解释，即是所谓“虫气”，如小儿消化不良，身体瘦弱，少睡易怒，也说是“虫”，并不一定真有蛔虫。

［15］“切指头”是小孩誓约时的一种仪式，普通各出小指，互相钩着，表示和解。

［16］“油保单”也是誓约的仪式，比较更为庄重，这大概是从大人们在保单上盖印那事情上看来的吧，用手指沾取头发上的油，再去印在柱子上面。

［17］据出口氏注，这些都是誓约的话，亦作“喉头一个十字，”大概是说如果违反誓言，不得好死吧。“头上三株松树”，意思也是说

死亡，不过词连父母，更显得严重了。三田村氏注云，立油保单时，拔取头发，呼，呼，呼的吹散。那么三根头发可能即是代表松树，与这里吹散的记载也正相合。

［18］日本在十八世纪时，绣像小说大为发达。前期的有赤本（红皮书），黑本，青本各种，都是“连环图画”的性质，每册不过五至十叶，后期的页叶加多，仿佛是好几册的合订本，所以称为合卷，内容也变成文字为主，图画为辅了。

［19］这里说的是旧剧《伽罗先代萩》里的故事，奥州藩主伊达家的奸臣原田甲斐，仁木弹正等阴谋除灭嗣君鹤喜代，忠臣外记左卫门与男之助联合乳母政冈，竭力斗争，终乃得胜。仁木有法术，第五幕中政冈把忠臣们的连名状落在地上，两把刀立即变成老鼠，将纸卷衔走，经男之助把老鼠踏住，抢了回来。舞台上显出伊达官邸七尺高的正厅，空着的板廊底下男之助屹立着，踏住了衔着连名状的大鼠，手中高举起铁折扇来，瞪了眼显示威势，是有名的一个场面。团十郎据出口氏注云是第六代，在当时很有名，这里是说阿幸要学做团十郎所扮的那男之助。

［20］武部源藏是旧剧《菅原传授手习鉴》里的一个人物，他受了菅原道真的书法秘传，感激师恩，开设书塾，保护着菅原的儿子，竭尽困难，终达目的。这里只是把他当作塾师的代表而已。

［21］古时书塾中规则，在一定时间习字，点着几根线香，大家不准说话，这时间称为“无言”。

［22］在私塾中有称为班长的人，看见有学生偷懒的时候，便高呼“学习”，使他注意。这班长大抵由高级学生充当，但也有以师傅的妻女担任此职的。

［23］参看上文注［5］。小孩做“摊眼”的时候，发声云：“呗！”今意译为“羞”。

［24］宾头卢尊者见前编卷上注［20］。澡堂伙计像宾头卢似的高坐门内，又好像是给尊者做小工的，坐一天拿多少工钱。

［25］原语是说屋顶鳌鱼（鸱吻）似的倒竖着，摆着架子。

［26］坂东三津五郎见上文注［9］。“伙计”原文云“番头”，音与“坂东”相近，这里意取双关，但译文上无法来保存了。

［27］奴本是奴仆，在德川时代是一种公役，执持仪仗，仪容特殊，普通称为“拨鬓镰须”，因此有“奴头”之称，亦简称为奴，如这里所说。旧时日本男子均剃去头顶前部的头发，留存左右两鬓及后部部分，并梳为丁字髻。“奴头”剃去部分特多，两鬓余留成为“拨”形，即是弹琵琶三弦的拨，留须形如镰刀，故有此称。“奴是四文”即是说的“奴头”，和尚头都剃光，当然应该不要钱了，普通人则是十文。“汉子”原文云“野郎”。

［28］日本旧时用米糠盛布袋中，浸汁用以洗濯身体，盖是古代中国用澡豆遗意。

［29］日本语糠曰奴加，草书字母便使用这两个汉字，只是普通奴字末笔不很用力，不写作一捺罢了。

［30］“奴头”的特点是“拨鬓”，这又可以有两种格式，甲种是拨尖上端特别细，乙种是尖端剃平，分别各有名称。醉汉这里牵连到写字上去，只是游戏说法，别无什么意义。

［31］这“手不拉膏”的名字很不好译，因为原文“引”字可以有两种意义，其一是拉，其二是缩回。原来用的是第二义，如伙计所说，贴上膏药去，手没有缩回，冻瘃就好了，醉汉却是用第一义，所以说得纠缠不清了。

［32］八人艺系一个瞎子独演，坐在帐子里边，演奏八样乐器。上冠风流二字作形容，本系连贯音读，醉汉却分开训读，散作风是流散了，所以解说为风邪的药品了。

［33］日本语“听”字因了听命听从的意味，又转训为有效，虽然普通写作“利”字。这里对话也利用这同音的关系，发生一段纠纷。

［34］戏读谈即是落语的别称，当时讲战事的小说称为军谈，所以模仿着这样的说。也可能是本书著者故意造作，引起解毒丸的误解的吧。

［35］落语是说书的一种，从笑话演变出来，往往形容两人的对话行动，只由一人任之，与中国相声不同，差不多可以说是一种滑稽短剧。每篇末尾多说出着落，所以昔时称为训读的落咄，近世乃转变为音读的落语了。

［36］夜巴伊音云夜爬，系指男子夜中爬到有约会的妇女那里去。夜巴利则意云夜溺，即是说小孩在睡眠中遗溺的事。

［37］“阿唷嗨”此处指醉汉将上楼去，表示用力的感叹词。

［38］草履穿久，一边磨薄，有如刀口，故名。长枪只是与长刀相配搭，别无意义。

［39］草履底下垫皮，以防濡湿，原文只云“有底的”，今从意译。

［40］衣柜指壁橱上方格，备浴客安放衣物，有门可关闭。

［41］据出口氏注，楼上的伙计由伙计中资格最老者任之。

［42］这纯是语言的游戏。伙计自称是管楼上的人，即是“番人”（轮番值班的意思），而大伙计则云“番头”，仿佛是头领的地位，所以这里如此说，虽然事实相反，如上面的注里所说。

［43］香煎是旧时中国式的一种茶汤，用早稻米炒焦，加入陈皮小茴香等香料，共磨细末，冲开水喝用，用以代茶。

［44］据出口氏注，阿市是粗点心的名字，参考下文，用竹箬包裹，四周有糖，颇似现代干点心里的“石衣”，日本语石与市读音近似，因此转变亦未可知。石衣制法系于豆沙馅中加糖稀及盐少许，搓团烤干，蘸蜜上撒砂糖即成，五十年前卖价十文三个，在著者当时大概每个不到半文钱吧。

[45] 三田村氏注云，天明六年（一七八六）年成歉收，近地妇女相率来江户，唱滑稽歌词，跳舞乞钱，有广大寺和尚一歌最为流行。广大寺在越后新保地方，有道乐和尚（道乐意云嗜好，放荡，因此恐系假托的名字），与寺前豆腐店的女人阿市有关系，发生纠纷。歌词云："新保广大寺，为了什么发了疯呀？为了阿毛的毛馒头才发了疯的。阿市这小家伙，舔一下子咸得很。"从这歌里也可以想像到，这点心是石衣的一类。

[46] 包租衣柜的门上都贴着各家的记号，大都是一张方纸，上面印就店家旧时符号，如山形下西字，键形（即曲尺）下山字之类，状如膏药，故云。

[47] 旧计时法四点即现今上午十时。

[48] 目黑成就院是密宗寺院，祀药师如来，通称章鱼药师，凡祈求的人须戒食章鱼，故名，医治疣子，脚上生茧及鸡脚，与眼病均有效验云。

[49] 旧法四点半即现今十一时，其次为九点即十二时。参看前编卷上注[68]。

[50] 目黑地方与品川相近，在品川旧有妓院，所以说"方向不好"，因为到了目黑往往就走向品川去了。送丧本来只是一天的事，顺路去宿娼，便须要次日才得回去，所以弄得花费两天工夫了。

[51] 意思说因为送丧而去胡闹的人也会有吧，"出事"原本云"受伤"。

[52] "老了"原本云"往生"，即是说死了。日本语中有好些从民间信仰特别是佛教来的字面，很有意思，例如往生，即是从净土宗往生西方的话来的。又"死去"亦云"成佛"，因此祖先以及死人也均称为佛。

[53] 象棋系用中国名称，日本通称将棋，与中国象棋略相似，而

着法不同。棋盘横直各九行，计共八十一格，棋子有王将，金将，银将，桂马，香车各二，与将士相马车相当，炮则改为飞车及角行各一，步兵各九，排列第三行中（棋子放在格中，不在交叉线上），是为本阵，中间三行则是战场云。王及金银均可出阵，没有限制，各子入敌阵，称为“成就”，有似“过河”，均增加能力，不似中国的以卒子为限。

［54］大桥宗桂系德川初期的江户医师，在明万历年间来中国留学，精于象棋（日本称小将棋），为大桥派第一代宗师，至明治末年止，共传十二代云。据三田村氏说，在著者当时，民间象棋爱好者互以宗桂相称，亦或使用同音异义的字。

［55］“吃屎去”犹云“放屁”，江户语可吃（kunbei）与军配（gunpai）音近，故双关的连下去说“军配团扇”——旧时将帅指挥军事用的“掌扇”，此种语言上的游戏，不易翻译，只好从略，但在可能的时候，改用意译，以见一斑。

［56］日本旧俗除新年外，一年中有五个节，即正月七日（旧称人日），三月三的上巳，五月五的端阳，七月七的乞巧，九月九的重阳，均举行宴会馈赠庆贺。中国旧时习惯一年分为清明，端午，中秋，除夕四节，商店结帐，私塾束脩亦按节交付。这里即是指此项报酬，意云将严厉地与以教训，因此一年中的学费亦不可少。

［57］连马见前编卷上注［162］。

［58］下棋规则，凡棋子移动，在将手拿开的时候，即算是决定，不得翻悔。后兵卫说等一下子，即是想要改着，所以被说为臭棋。

［59］“角”本来只是斜行，这里说顶上一格，乃是直行了。出口氏本注引山中翁说，此乃是过了河就是“成就”的角，所以除旧有的行动之外，又添了一种能力，即是上下左右均可直行一格。

［60］这是一句成语，说拙手无论怎么思索，总不能想出什么好方法来。

［61］原文意云“井阑里的横木瓜”，本系指古代某氏的族徽，画作木瓜横放井字阑中，因“逃了”（nigeta）与“井阑”（igeta）音近，今取中国“逃之夭夭”的例，加以改译。

［62］此句承上文“痛快”而来，今改写为冬瓜。

［63］“肃静”，原文云“东西”，系角力场中开始时高呼警众，令勿喧扰的成语，后来移用于他处。本来角力的力士对垒，系代表东西两面，这里的高呼太抵只叫两方的人注意，肃静的意思虽不明说，也就含在这里边了。

［64］问手里如何，当是计算盘上的棋子，以便决定是否可“和”，因为象棋规定，和棋须各有子几何这才合式。“手里是多得很”，据出口氏注云，此语似含有什么别的意味，但未能详。

［65］原语“香桂”指香车桂马，这里取其与“后悔”音近双关。“金角”系指金将与角行，取其与金阁寺谐音，连带的说了下去。金阁寺在日本西京，是有名的佛寺，十四世纪时所造，以壮丽胜。

［66］日本旧时银一两分作四分，各值二钱五分，称是一步。这里当然是双关的兼说银将。

［67］译文从“输”字连系到“树”上来，乃是改译。

［68］原文用象棋的术语“入王”，是在中国象棋里所没有的。成了这个局面的时候，不但胜负一时不易解决，看了也没有多少意思。讽刺诗川柳中常用作资料，如其一云，听说入王了，厨子把灶火退了，便是说酒饭要暂时缓开。又其二云，到了入王，看客嗡到围棋那边去，因为没有什么好看了。

［69］意思是把金将来吃了去吧。原语“领授”与地名“冈崎”音近，双关的接下去，在冈崎地方多有妓女。

［70］“成金”也是象棋的术语之一，即是攻入敌地，已经“成就”了的棋子，因为在它原有能力之上兼有金将的作用，即上下左右，及

上方两斜角，共有六方可以进出。因为原来的步兵一下子就变成金将同等的资格，后来便引申来说投机暴发的资本家，差不多比原语更是通行世间了。

[71]“名人”是日本围棋象棋家中间的最高地位和名称，技艺计分九等，自初段以至九段，至九段乃可得名人称号。

[72]出口氏注本，常用的一句俗语，当有出处，但未能详。

[73]“辟易”原本用古文汉语，因此不改为白话。

[74]出口氏注云，你们云云系旧剧《檀浦兜军记》中“琴责”一段内，阿古屋所说的话。剧中说景清谋刺源赖朝未遂，法官们捕景清所爱的妓女阿古屋加以讯问，备加逼迫，终无所得，后乃令用琴，三弦以及胡琴弹奏三曲，以证明所说不假云。

[75]这一句出处同前。“铮点”则是说话的人在口中作三弦声，模仿戏台上的演奏。

[76]原文“妙着”音与“永代”相近，永代桥系江户一条有名的桥，所以连下去说大桥，这也是别一桥名。

[77]出口氏注云，此句系旧剧《春花五大力》中，萨摩源五兵卫所说的话。

[78]依据出口氏注云系牵引重物时呼唤的话，今意译如此。

[79]逼迫敌将到了棋盘的角落，俗语称为进茅厕。在中国象棋上，没有这种类似的办法。

[80]原本此处不举出人名，只作为别一个人的说话，今查照前后情节，姑且分给先藏吧。

[81]“呃哼”原系咳嗽的声音，不过这里乃是冷声咳嗽，含有嘲弄的意味。

[82]据出口氏注，原文“鹈”训作“鸬鹚”，是捕鱼的水鸟，它的羽毛没有什么特别的地方，这里乃是借用同音的关系应读作“兔”

的略训，因为兔毛极细，即是说一丁点儿。

［83］鬼儿子的意义一是性情或容貌凶恶如鬼的小儿，二是鬼所生的。日本旧说不像父母的是鬼儿子，大抵是第二义吧。又小儿生下来就生了牙齿的也有此称，古时往往即遭杀害，不肯留养。

［84］旧式小说未脱说书时代的习气，作者常在书中露面，对读者说话，发表他的意见，即其一例。

［85］据出口氏注云，此系女乞丐求乞之词。用在此处的意义未能详知。

［86］日本旧时瞎子多习音曲，随其技艺高下，定有禄位，最低为座头，后来便相沿成为瞎子的通称，以上是勾当及检校两级。瞎子照例都剃发，形似和尚，故有此瞎子和尚之称，虽然他们过的全是俗人生活。

［87］净琉璃系日本旧式音曲的通称，略似弹词，最初只用折扇作拍子，后来改用三弦及琵琶，有各种流派，近代有竹本义太夫加以改革，最为有名，此派演艺现今即袭用义太夫的名字，等于说净琉璃。净琉璃本系弹词中女主人公的名字，原名《净琉璃十二段故事》，为十六世纪中作品，叙英雄源义经少时从京都往奥州（后来的仙台），去投奔藤原秀衡，中途在三河地方寄宿一大家，与其女净琉璃姬相识，后来在东海道上经过好些患难，走到奥州。义经年少英勇，与兄赖朝共报父仇，打倒平氏军阀，大有功劳，却为赖朝所嫉，终被秀衡的儿子谋害，在日本民间最被爱尊，可以说是英雄的代表。《净琉璃故事》写得虽是古拙拖沓，但它却成为弹词的代表名称，大概又因源义经一生始末都在奥州，所以奥净琉璃一派也就很是有名，虽然现今在日本通行的乃是竹本一派，即是上文所说的义太夫。净琉璃只唱不演，所以近于弹词，但中间曾配合牵线木偶演出过，有名的近松作品都为此而作，演唱的便是这竹本一帮了。

［88］出口氏注云，义经于寿永三年（一一八四）中任命为左卫门少尉，补授检非违使，称为判官。

［89］直垂原名如此，是古时武人的礼服，斜领大袖，上衣下裳，褞袍是衬在这里面的。

［90］出口氏注云，未有棉花（草棉）以前，人民均用芦苇的花，絮作棉衣。

［91］即下文所说的辨庆，是小说戏曲中最被喜爱的英雄之一，近似中国故事里的李逵和牛皋。他本来是京都比睿山寺的一个恶僧，住在西塔，通称武藏坊（今本文中用意译），与源义经斗不胜，乃给他当了从卒，虽然他要比义经年长几及三十岁。及义经在衣川地方被袭杀，辨庆亦力战而死。

［92］出口氏注引山中翁说，农夫在水田里劳作，半身浸在水里，站起来的时候，泥水跟着流下来，这里借以形容众人跟随的样子吧。

［93］日本猜谜分作三段，一是提出谜面，二是解释谜底，三是说明理由，这叫作“心”。义经主从在出征途上猜谜，说得情状和小孩们一样，很是诙谐。

［94］“田原”系改译，原作“俵”字，与田原音读一样，训读则为装米的草包，但中国此字只作分配解，且很少见，所以改写了。藤太系俗称，秀乡则是正名，这里两者并举。

［95］谜心的解说大抵多取字义的双关，这里也是如此。“不剥皮没有办法”是甲种说法，可以应用于香瓜上，说不去皮不好吃，但这又有乙种说法，“不剥皮”一语也可解作蜈蚣（mukadé），便是说蜈蚣弄他不过。蜈蚣双关“不剥”，日本狂言《连歌毗沙门》中有过，参看我所译的《日本狂言选》第二十三篇。日本传说中说，近江地方三上山中有大蜈蚣为害，为田原藤太所射死。

［96］日本旧说名臣菅原道真殁为雷神，故遇雷鸣，高呼桑原桑原，

可免落雷，因菅原出于桑原一系云。又俗信雷公要取人肚脐，故此处云云，盖夏日小孩喜赤体行走，大人们用雷公恐吓，遂生此俗信的吧。

[97] 出口氏注云，万岁乐系地震时所唱的咒文，头上唱万岁乐是说愿头上平安，不致被压云。

[98] 这里语意不明，大概是矛盾的说法，将平家将卒的杀伤仿佛说得很是轻微，引起下面一段很诙谐的叙述。

[99] 类似的叙述，在别种音曲如《平家物语》中也曾有过，参看《狂言选》第十九篇《工东咄》。

[100] 这也是诙谐的说法，蚯蚓既然没有刺，更没有三尺长的刺了。

[101] 原文云“胧月豆腐”，乃是一种特别制法的豆腐，将豆腐材料放入碗中，令其自然凝结，状如月亮。黑烧乃古方制药法，将药品火煅存性，但这里说豆腐的黑烧，也正是戏语了。

[102] “中略”二字，系原本如此，非译者所删节。

[103] 豪杰系指江户市井间一种侠客似的人，大抵工人出身，性喜打抱不平，善于相骂，是所谓江户子的特性之一。

[104] 日本古时盲人多以“市”字为名，不知何所取义，亦或用同训的“都”字。日本狂言《工东咄》中有盲人名“菊一”，也正是“菊市”的别一写法。这里盲人名字，于柿市栗市之外，又有桃栗一名，出口氏注云，系戏取日本俗语“桃栗三年柿八年”，此系种植口诀，原是说各种果树，要经过若干年始能结实。

[105] 日本小孩弹扁圆的螺壳为戏，最初撒在桌上或地上，其有两个以上碰在一处，不便于弹者，称为对“纳蒲一挺”，均除去不用，以后再撒再弹。这里只是两人碰头，情状相似而已。

[106] 旁人偷吃瞎子的酒，日本狂言《工东咄》中有类似的事。又十返舍一九著滑稽小说《东海道徒步旅行》三编中，也有一节，同这里醉汉的事都是采取狂言中的情节的。

［107］疳是中国旧医书上的字，据云小儿食甘物，多生疳病。大抵与积食，或蛔虫有关，这里原文也说是“疳虫”。《正字通》云，有心肝脾肺肾五种，统称为五疳。

［108］上文说“疳虫”，醉汉故意解作日本语同音的“寒虫”，与三伏的虫相对。日本于伏中晒晾衣服，俗语亦称为“晒虫”。

［109］疳与借音读近似，五疳与五贯音读相同，所以淆混一起。“烂眼钱”系俗语，谓数目太小不值得看的一点钱。

［110］疮毒即指梅毒，日本通称梅毒曰疮。

［111］俗谚有云，生得乡下掘芋头，谓天生性分，只可从事农作，这里利用生得与疮毒音近，故意的说笑话。

［112］原意是说疗治法，却说作料理，所以瞎子误会为关于食饵的话，接着问吃什么好了。

［113］出口氏注引山中翁说，此处系模仿一种市上呼声，但据上文挑着箱子的话，此类行业只有修理炉灶，修理雨伞，修理锁门铜器这几样，与下疳云云均不相近。或者当时有叫卖清泻五疳胎毒的药物的也未可知，但说挑箱子，则又不相似了。

［114］章鱼俗称八脚鱼，头大且圆，世俗以比和尚，煮熟则转赤色。瞎子均剃头，今比作章鱼，亦是戏弄之意。

［115］出口氏注云，小豆色赤，故如此说。但未说明这句话的意义，便是为什么是混杂在豆里的呢，难道是比作小豆饭里的白米么？意味也不明了。

［116］日本语“海狗”（azika）与“疹子”（hasika）音读相近，所以混说一起。俗说海狗善睡，常在海边成群睡觉，只派一狗值班警视，见有危险，便惊醒群狗，悉逃入海去。瞎子眼闭，故说海狗入眼，更将长睡了。

［117］凉面做法将面条煮熟，再浸入冷水中即成。这里醉汉说自

己先被淋热水，再用凉水来浇，仿佛是在做凉面的样子。“野小子”原文云“野郎”，即是说汉子，乃是自指，但说野小子的凉面，乃是诙谐口气。

［118］“泼水吵架”原文云“水挂论”，以泼水当打架，无多大损害，可以持久下去。

［119］这是市井间的一种游戏说法，故意说得颠倒，如小儿歌中有“满天月亮一颗星”等。

［120］浮石轻松有细孔，澡堂中用以摩擦脚跟，可去坚皮积垢，原名轻石，或译作锉脚石。

［121］原文云“业报人”，意云作恶多端，将受到报应的坏人。

［122］这里嘲笑他的喝酒，四文一合是最便宜的下等酒的价钱，汤豆腐用白汤煮大块豆腐，蘸加作料的酱油来吃，虽然也别有淡白的风味，但价钱很贱，这里所说便在这一点上。

［123］这以下是江户子的自己夸口，表示出豪爽而唠叨的特质。“江户子”原文曰“东子”，系用古地名，意思只是吾妻人，虽然字面上像是说东人。

［124］原意骂他是溺死鬼，旧时井口很大，有人投井而死，次晨人来汲水，挂在吊瓶中乃被发见。这是日本古时特别情形，中国井口小，又不用吊瓶，所以是不可能有的。

［125］旧时佛教信徒抄写《法华经》六十六部，徒步背着，走到国中有名寺院六十六处，各献纳一部，这种人也就称为“六十六部”，或简称“六部”。他们走过许多地方，见闻既多，又加上些宗教上的色彩，更显得奇异可怪了。其中立山的故事最为奇特，立山在日本中部富山县，山岳雄奇，故尤多神秘色彩云。

［126］大眼子系一种小鱼，常在浅水中游行，眼睛特别长得高，看去似非常的大，故名。

［127］舢斗虫系蚊子的幼虫，文言称为孑孓，中国方言或云水蛆。

［128］原文云“芥子之助”，本系人名，据出口氏注云，旧时在浅草观音堂的后山演技，两手投掷豆子与酒瓶，中间并飞镰刀，在空中将豆劈开，此外又演各式杂技及戏法，有名于时。

［129］上文的鸭是说醉汉摇摇摆摆的情状，很是可笑，但这里醉汉听了生气，似乎别有意义，却未能明，虽然日本方言中有此一语，作为私门子的别名。

［130］“真是的”一语，据出口氏注云，系江户的豪杰常用的口头禅。

［131］“大野猫”原文云“朴念仁”，“大野狗”原文云“朴大根”，均系改译。朴念仁（bokunenjin）有音无义，系指不懂情理的人，这里因后二字音近人参（ninjin），即胡萝卜，所以醉汉接过去，改胡萝卜为白萝卜，说是朴大根（bokudaikon），没有什么意义，只是随口改编，还报过来一句闲话而已。

［132］净琉璃这种音曲分作好些派别，最重要的是义太夫派，因竹本义太夫得名，后来差不多就成为净琉璃的代名词了。后来弟子丰竹若太夫又分立一派，世称东西两派，如本文所说。日本旧时音曲师多给与虚职，如瞎子之检校勾当等，净琉璃师也授“掾”或用同音的“丞”字，上加地名，如越前筑后等，而其名字后亦常加太夫称号，本出自大夫，但写作太字，又读音如太由，也与大夫不一样了。

［133］“这一向”是招呼的习惯语，意思是说近来你好么?

［134］出口氏注云，即义太夫中所谓愁叹场，外行票友最喜欢来演唱。净琉璃稽古风流说得好：“无非只是学了好玩，太夫也是了解的，所以只是随便的听着学生练习，客人也并不好好的真心学习多少段叙述行路和景物事情的场面，起头就来学第三段。”

［135］义太夫的师傅是以此为职业的，义游只是票友，这名字便表示此意，同时也当作他的别号了。

［136］这是假名字，与下文酒客相应，与后文用真名的不同。

［137］“纸治”是纸屋治兵卫，即是说纸店的主人治兵卫。一七二〇年大阪纸店主人治兵卫与妓女小春殉情自杀，近松为竹本座写净琉璃脚本，名曰《心中天之网岛》，至今有名，义太夫常演“纸治”，其中茶室一场尤胜。“茶室”原文云“茶屋”，本意是说茶店（吃茶店），但在江户时代茶屋可以接待妓女，所以近于北京近代的所谓茶室了。

［138］盐町原是地名，原本旁注政太夫三字，盖系著者原笔，说明盐町即是政太夫的别名。

［139］出口氏注云，此系三浦大助所作，原意当作红梅马笼头，三田村则云作红梅马缰，红梅系一种颜色的名字。

［140］原本也有旁江云住太夫，即下文所说的住老板，生于住吉地名，故名，后居于江户的石町，今名为本石町。

［141］先斗町大概也是太夫的别名，但出口氏注云未详。可能这未必有实在的人，只是作者取其与石町相对，一时假设亦未可知。

［142］锅屋在本文中有说明，但“造阁楼”据三田村氏注云未详，今依出口氏的推测，或者可以解作捣乱的意思吧。

［143］丰竹越前掾即是开创丰竹座的若太夫，也即是东派的元祖。竹本筑后掾即义太夫。

［144］连题是净琉璃演习会的一种，立下一个总题，例如《忠臣藏》从开始至第几段，虽然不全连续，大体顺序演唱下去。又一种会由与会的人随意演唱各本各段的，称为绿会云。

［145］大师河原在现今川崎市，有平间寺甚有名，系真言宗即密宗的寺院，故以大师得名，因日本密宗佛教，由空海首先从中国传入，世称弘法大师，关于他的故事传说很多。

［146］辨天系印度女神辨才天之略称，在日本很见崇拜，在水边常有辨天堂，似当作水神，又一说与蛇相关，往往塑有蛇像，列为从神。

[147] 潮来是日本的一个水乡，在茨城县南端，以民谣著名，称为潮来节。

[148] 杵屋勘五郎本系狂言师，后创始一种音曲，称江户长呗，以杵屋一派为宗师，现代尚相传不绝，但不知何故改去“杵”字为同音的“希音”二字，其实该派系用月兔捣药似的杵为记号，故称杵屋乃是纪实。

[149] 这里原文“茶屋”，虽然不是吃茶店，但说等于妓院的茶室也不合适，所以只好笼统地说是茶馆里罢了。

[150] 原本末行画作一木板，上写这一句话，系模仿澡堂大风“早散”之例，参看前编卷上注[1]。

浮｜世｜澡｜堂

二编卷上

女澡堂之卷自序

前著男子部之浮世澡堂，一编开张，千客万来，发行所的肚皮温暖了，[1]可是这与管澡堂的所烘的火一共烧成桴炭[2]，来不及洗末后的一堂澡，只差了一步，噫嘻，惜哉！烧了的板姑且不管，总之等洗了澡没有发冷之前，再来它一编，那些两回洗澡[3]的各位，有如在候休息的明天一般的[4]盼望甚切。舀热汤的人的木杓，和作者的一枝笔，都迟迟的难得要领，那么这怕要成为端六的菖蒲汤，三伏后的桃叶汤，[5]成为时节落后的东西了吧。还不行么，[6]还不行么，催促草稿，仿佛是来叫洗长澡的人[7]似的。可是把小小的智囊，像米糠袋那么的绞着，也没有一下子捻出节日的十二文钱的纸包的法子。[8]当然这是不准张看的女澡堂的别世界，那该是怎样情形呢，靠着净汤的竹管[9]去推测，终于做成了两册[10]故事。近来柴火涨价，[11]搜集前编的余材，成为后半场[12]的女澡堂，那么这正是乌鸦的洗浴，[13]霎地来淋一下子而已，云尔。[14]

文化六年己巳重阳前后五日的急就。

江户前的市隐，[15]

式亭三马题。

女中湯

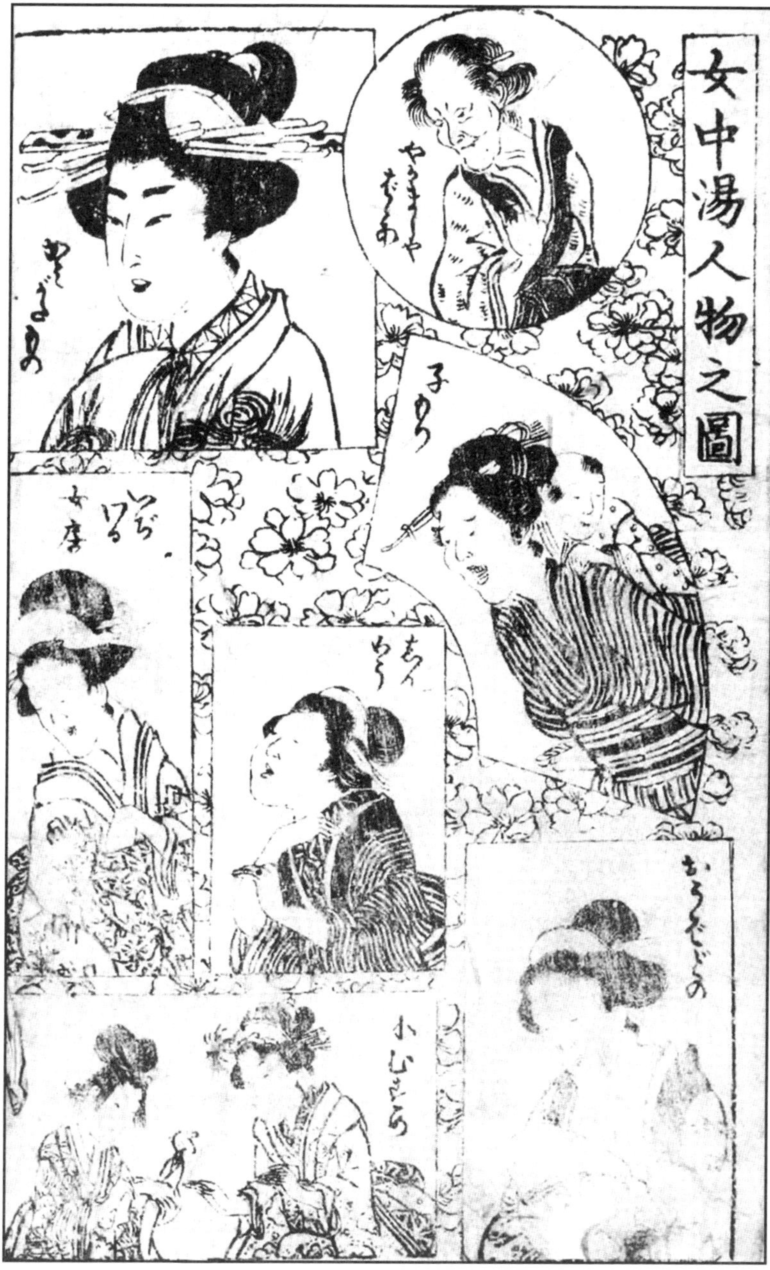
女中湯人物之圖

附　言

养育小儿，有丸药之苦，也有糖稀之甘焉。譬之于书，三史五经为丸药之苦，稗官野史则糖稀之甘也。盖世间虽多有女教之书，《女大学》《今川》之类，[16]如丸药之苦于口，妇女子之能真心玩味者鲜矣。这女澡堂的小说，虽然本是游戏之书，如用心读去，则如糖稀之易吃，善恶邪正的行状自然得以了知。正如常言所道，看了别人的举动，将自己的举动不问善恶均能有所改正，那么这正是教训的捷径了。又如不肯听取强硬批评的壮夫，对于诙谐的教谕亦听了不倦，自然就留在心上了。各人如去留心玩味此草草的游戏小书，在小益之中必然将有大益矣，云尔。[17]

此书初编在文化六年己巳初春，触祝融氏之怒，板片悉化为乌有。[18]今将增补，打算再行付梓。四方赐顾君子，请俟发客之日，予以购求，本店幸甚。谨白。

早晨至午前的光景

一 | 讨钱的百鸟叫[19]与艺妓们的谈话

讨钱的百鸟叫。甲："一切成就之大祓，极秽者既无留滞，秽更无有，内外玉垣[20]悉皆清净。"

乙："一天四海，皆归妙法，南无高祖日莲大菩萨，[21]南无妙法莲华经，南无妙法莲华经。"

丙："愿以此功德，普及于一切众生。南无阿弥陀佛，南无阿弥陀佛，南无阿弥陀佛！"[22]

净土宗呀，法华宗呀，八宗九宗，[23]聚集一处。有人拉开女堂的格子门，口里说道："哎呀冷呀！"抖着两个肩头，走了进来，乃是应该名叫什么文字或是丰什么的，[24]十八九岁的白牙齿，[25]手里抱着新式单衣，染出"听好事"[26]的旧式花样，她的名字是三味。[27]

三味："啊呀，鲷姐，你早呀！晚上准是吵闹得很了！"[28]

阿鲷像是饭馆里的女儿的样子："嗳，晚上你也很渴睡了吧！总是那个醉汉，闹到深更半夜的。"

三味："可不是吗，可是没有坏脾气，是酒量很大的人。不像糟兵卫似的那么闹酒，倒是好。在那之后，说送我回去吧，在新开路的拐角滑倒了什么的，终于送到我的家门口哩！"

阿鲷："那倒是好性子的，多管闲事的老头儿。提到吞助老板[29]的臭拳，还有饮六老板的恶作剧，那才叫人讨厌哩。"

三味："正是呀，酒香老板的甚句[30]也吵闹得很。"

阿鲷："可是到末后都是打呼了事。——哎呀，你已经打扮[31]好了么？"

三味："是呀，今天早上，阿栉姐首先就到我这里来了嘛。你的头是谁给梳的呢？"

阿鲷："阿筋姐呀。"[32]

三味："样子很不差。"

阿鲷："什么，今天因为是替工，所以觉得不合适，有点儿怪。"

三味："人手换了，就是梳得好，也觉得不对似的。你转过身子去看。啊呀，那很不差呀！"

阿鲷："就是那髻的后面不是太高了一点了么？"

三味："不呀，是正好的。"

阿鲷："嗳，请你慢慢的！"从架上拿下木屐[33]来，将要出去。

三味："顺路往我们家来玩吧！母亲在家里呢。嗳，再见！"说了这句话，就进浴池去了。

二 | 艺妓们的对话

随后进来的，显见得也是同伴，三十岁左右的白牙齿，眉毛上边聚集了些小皱纹，鼻子旁边的坳纹也渐渐的凹了下去，颜色微黑，白牙齿也变成黄色了，可是疏疏朗朗的二番稻[34]似的眉毛凛凛的长着，这可以说是遮盖过了脸上的七难[35]了。她把所穿的中折木屐[36]拍哒的脱掉，同了管澡堂的女掌柜打过招呼，将单衣抛出去，一面解着带子，向着浴池方面，高声的嚷叫。她的名字是阿拨。[37]

阿拨："三味姐，三味姐呀！"叫了两声，没有听见。"三味姐，你这聋子！"

三味在浴池中："嗳唷，阿拨姐，你早呀！"

阿拨："还早什么呀！你这人真是无情，就请你那么样办吧！好个不知道同人家打交道的家伙。那么的对你说，请你多等我一会儿的嘛！"

三味："可是，你的饭老是吃不了嘛。"

阿拨："嗳，对啦，因为是大肚儿呀！正是嘛，你说的全是对的！"说着话进到浴池里来。"刚才，到你那里去转了一下子。你那里的妈妈说的，已经走啦。本来一直等着你的。那是个无情的孩子嘛。这么那么的叫人觉得高兴，你家的妈妈真是会得奉承的人，会说好话。碰着我们那里的妈妈，只是叨叨的说，叫人讨厌的受不了。"

三味："也好呀！你爸爸倒是很和气，可不好么？"

阿拨："只是因为太和气了，一天到晚挨着妈妈的骂呢。并不是偏袒爸爸的话，在旁边听着，叫人心里怪难受的。——哦哦，你昨天晚上是在大酒屋么？"

三味："嗳。"注曰，回答说"是"，却说作"嗳"，这是女孩子的通行话。——“你呢？”

阿拨：“我是到财神会[38]出局去了。在正八点的时候[39]才回家的。”

三味：“我也是，这么那么的也是快八点了。”

阿拨：“因为勉强的喝了酒，所以你瞧，至今连眼睛都都还是发肿哩。”

三味：“难怪脸色不大好。”

阿拨：“啊唷，水烫得很！”

三味：“烫么？真是孱头呀！”[40]

阿拨：“并不是孱头。你也该觉得烫吧，像这家伙那么的顽强的人真是再也没有了。——咚，咚，咚！请给放点冷水吧！”

舀热水的开玩笑说：“刚才放过了水，如今不好再放了！”

阿拨：“说刚才放过了水，真是太胡闹了。还热得很，放一点吧！喂，没有法子的三助呀！”[41]

舀热水的：“说三助，那更不放了。”

阿拨：“那么，我拜求三助大明神了！”这之间，冷水放好了。

舀热水的：“喂，把热水搅和一下子吧。”

阿拨：“讨厌，谁来搅和呢！——喂喂，来浸在这地方吧，冷水出来的地方。那么，这样来吧。三味姐，前天你到哪里去了？”

三味：“看戏。”

阿拨：“唔，同了客人么？”

三味：“掏腰包。”

阿拨：“啊呀，同了谁？”

三味："猫文字姐那边来叫我，同了阿弦姐和丰包姐一起去的。[42]差人到你那里，说是你同者通老板往堀内去了。"

阿拨："是啊，还没有看过，是谁做的好呢？"

三味："自然是纪国屋嘛。"[43]

阿拨："可不是么！真叫人生气，前回那一时节的戏文[44]也都没有看着哩。"

三味："戏文散了之后，顺路到丸三[45]去，向三老板道谢，在楼上有人说呃哼呃哼，仰起头来一看，许多人都伸出了头来。相声[46]的弥七老板和伸松老板都说了话。此外还有谁在那里，可是匆匆的跑了出来了。——啊，好像是还有点热。喂喂，出去吧，出去吧。"走出到浴池外边。擦澡的男人拿了留桶和两个小桶，舀出热水来，给她来擦背脊了。

擦澡的："喂，阿拨姐，把背脊拿出来吧。"开始擦洗。

三味："喂，这个人啊，是我先来的嘛。"

擦澡的："谁都行。反正是一起回去。"这个擦澡的男人到明年要升作伙计了。因为在这里已有四五年长期工作，所以同女客们都相熟了，说话也就很有点随便。

阿拨："喂，你给我用心点儿擦吧，别这么马马虎虎的。刚擦了两三下子，就浇上热水，算是完事了。"

擦澡的："大概的就这么行了。就是泥也并不是每天出来的。"

三味："别这么说吧。阿拨姐的是猫背脊，[47]像老鼠粪似的泥垢搓了出来哩。"

阿拨："你别管吧！真是够会说的。"

擦澡的："我以为又要吵起架来了。那么的闹着泼水是不行的呀！嗳，真是会吵闹的姑娘们啊。——行了，三味姐拿出背脊来吧。"

三味："喂，拿出来了，你洗吧！马马虎虎的老爷子[48]！"这里的玩笑说来话长，故从略。

三 | 母亲和两个女儿

三十四五岁的主妇，带领着八岁左右的女儿，手里抱了两岁左右的小女孩，走进门来。

主妇："啊，冷啊，冷啊！呀，呀，阿宝也冷了吧。喂喂，走到了里边，就暖和起来了。"回过头来说："奶奶，这一向——"[49]

澡堂的女主人，在高台上："嗳，你好早！这一两天，真是岂有此理的冷。杉姑儿也来了么？哦啊啊！总是很活泼的，好得很呀。玉姑儿今天习字[50]放学么？"

女儿："不！"

女主人："哈哈，那么是逃学了！"

母亲："你瞧呀，老是骗过我，想要休息。今天也是，骗了阿爹休了学了。阿爹总是太把她娇养了。因此我说的话，简直是没有什么用。"

女主人："您知道，那也是当然的嘛。说来也是稀奇，父亲总是特别爱女孩儿的。啊哈哈。——杉姑儿，你拿的什么呢？是阿番[51]么？啊，拿着好东西了呀。哦啊啊！正是顶可爱的时候。了不得的好相貌的乖孩子！你看你看，她独自笑着哩。喂喂，是杉姑儿么？哦，乖孩子！”

母亲：“来，来，阿玉脱了衣服，交到这边来吧！咦，别摔觔斗呀！阿杉宝也脱了花袜子吧，喂，袄子也脱了。啊呀啊呀，阿林[52]打上了不中用的结子。小衫的纽绊是不会得解散的呀。来，来，来！喂，好了。来，这样行了。快点用热水来温一下子吧。暖，好了好了，行了行了。”

四 | 拿饭盒上学，梳头的变迁等

八岁左右的女孩子，把门口的格子门打开，大声叫道：“妈妈，妈妈！”

一个名叫阿辰[53]的女人从浴池里出来：“什么事，阿马么？干什么来啦？”

阿马：“那个呀，那个，[54]爸爸呀，说有客来了，那个，快点洗吧。还有，那个，不要再转到哪里去，就立即回去吧。”

阿辰：“嗳，嗳。现在就回去。什么人来了？——偶尔洗一回澡，也立即差人来叫了。真是讨厌得很。还有你呢，不是去习字的么！为什么又回来了？”

阿马：“今天呀，那个，因为是写正字，所以来取写字本来了。”

阿辰：“那么，这就行了。快点去写去吧。”

阿马："嗳。还有呀，那个，爸爸说的，那个，今日算作奖赏，给带了饭盒[55]去。"

阿辰："又是照例的事么。没有下雨的日子，饭盒是用不着的。"

阿马："嗯，可是——"发出鼻声来了。[56]"唷，妈妈，给拿饭盒吧！唷，你为什么还不肯，阿爹说了，给拿饭盒去嘛！"

阿辰："咄，吵闹得很！那么给你拿饭盒去，可是饭菜是不能再挑选的了。"

阿马："嗳！"走了出去。

在旁边的一个女人，阿巳："谁家的小孩都要饭盒，真不好办。"

阿辰："是呀。真是讨厌的不得了。无论怎么样，饭盒要是迟了，便到家里去取。这样子再是杭育杭育的，搬到老师那里去吃。"

阿巳："哈哈哈！不呀，还有下雨刮风的时候，不会跌什么觔斗，拿饭盒去也是好的，可是饭菜又这样那样的要挑选，那可麻烦透了。什么要在水盅里插呀，给买花吧，什么给买肉桂啦，什么做丁香水了，[57]要丁香啦，种种的来讨钱，弄得应付不过来。"

阿辰："不呀，哪里的都是这个样子，真是为难。什么金纸呀，花纸呀，全不中用的东西，拿来都铰碎扔了。而且还有，那个，叫作什么变形画的，这样那样的翻来翻去，有一种戏子的变相的画哩。那个画儿，你想，买呀买呀，箱子里装满了一箱啦！我真是，吓也吓坏了。那第三个哥儿呢，又是遇见什么叫作合卷[58]的小说出来就买，结结实实的装了一柳条箱了。什么丰国画的好呀，国贞也好呀，[59]连画工的名字都记得了。啊呀啊呀，现在的小孩们真是变得伶俐了。"

阿巳："是呀，在我们小时候，只要老鼠结亲啦，[60]老话的红皮书，[61]就觉得很好，再也没有了。”

阿辰：“不呀，什么事情都在那里变化着呀。头发里用鬓插[62]起头，好像刚是近时的事情哩。在这以前是，全是——”

阿巳：“嗳，全是用手摘出燕尾儿来的嘛。[63]这之后，你瞧，有了什么假燕尾，什么假髻[64]这些方便的法子来了。就是独自一个人，也可以梳起头来了。那个变样的岛田髻的样子，就和戏子的假发正是一样呀。只要顶在头上，自然的那头发就梳成了。啊唷啊唷，真是聪明得很的事情呀！”

阿辰：“有一个时候，发髻是罩在头顶上的，后来又复旧了，变成了像是从哪里讨了来似的一点儿的岛田髻了。而且又有些人爱好上方[65]的风气，真是时风反复没有定呀。”

阿巳：“大家喜欢什么京都样式啦，京都花簪的那些新鲜物事。其实江户的人是，只要老守着江户的风气，那也就行了。——这是说别的话，你那领头的大姊，的确是已经出阁了呀？”

阿辰：“嗳，有了适当的地方，所以就嫁出去了。”

阿巳：“一个一个的都有了着落，正是安心的事呀。”

阿辰：“这是怎么说的呀。说女孩子是赔钱货，家里的[66]老是在说废话哩。”

阿巳：“那边还有婆婆么？”

阿辰：“是的，还是年轻的婆婆哩。”

阿巳：“那么，那孩子可有点儿辛苦吧。”

阿辰：“倒也不，那是性情很好的婆婆。而且那女婿是曾经一回荒唐过了，又老实起来的人，所以很是懂得世故，倒是很好的运气。夫妇感情也非常的好。”

阿巳：“那是比什么都难得的好事情。即使是婆婆有点不好对付，只要夫妇感情好，也就维持得下去了。”

阿辰：“是呀，上个月已经系上带子了。”[67]

阿巳：“哎呀哎呀，那是重重的喜事呀！请要好好的留心禁忌才好。过了五个月是，吃什么都不碍事了，可是锅盖鱼[68]断乎不可吃，奶要不出的。实母散、妇王散什么，[69]你自己是有过儿女的，所以自然知道得清楚。”

阿辰：“嗳，我也常用的妙药，在晴雨街[70]布袜子铺出卖的走血经的药很好。虽然并没有挂着招牌，这药是许多人都知道的。并不会上火，是顶好的药，托了这药的福，有多少人都医好了，所以我随处告诉人家知道。”

阿巳：“有一种药，只好搽上七夜，奶就会出来，而且硬块会得消散，奶口也开了。唉，简直整个忘记了，是在什么地方有哩！”

阿辰：“嘿，这可不是尾张町平松家的黑药么。那是很好的药呀。什么熊的肚带啦，[71]催生的符咒啦，纸人儿啦，[72]种种的难得的物事，都从各处人家借了来了。我生育过好些回，可是对于女儿的做产总觉得担心，那是很有点不安的。”

阿巳：“总是那么的，你知道。生产之后，你把产汤装一酒瓶子，[73]同了胞衣去一块儿埋好了。这是一种符咒，使得那小子不会得缺奶。我们是总之生育不旺，真是觉得很可羡慕的。”

阿辰：“可是，你有一位大少爷，已经很够了。特别是个男孩，我们的是女孩子三个，男孩子两个，其中的女孩子是，真是的，从生下来直到死去，都是累赘呀。”

阿巳：“不，女孩子心地纯良，是很好的。你也有两个男孩子，那第二的阿哥所以正是很好的嗣子嘛。[74]我们家的大儿子，光是叫人费心，真是为难。因为是惟一的独养子，所以骄养惯了，也不打发出去当差[75]，到了现在是后悔啦。无论怎么伶俐，不出去看看世面，也是没有用处的。赚钱的事情一点不知道，只会得去花钱。”

阿辰：“什么呀，反正总要荒唐一下子的嘛。我们的第二个，也说到世间去看看是帖药，所以打发到本店去，放在那里了。”

阿巳：“嘿，倒是能够驯良的干着呀。反正，不吃过别人家的饭，是不会懂得人情的。即使是将来用着使用人，不是掐着自家的身子来看，人家的痛苦是不能了解的呀。无论怎么，不曾离开过两亲的手的人，就不会知道痛痒。你真难得，叫他出外公干去了。”

阿辰：“是呀，现在倒还能够忍耐干着的。因为家里的人平常是严紧呀。吩咐过说，除了例假[76]之外，不准回到家来。就是因为差使来到近地，也不顺路来到家里。”说话的中间，有使女到来了。

使女：“太太，式手屋的马太郎老板来了，请你就回家去吧。”

阿辰：“哦，现在就去。——那个，你看，两遍三遍的来迎接嘛！真是的，偶尔洗一回澡，也还是不成。呵，呵，呵。——喂，喂，喜代呀，喜代呀！你呀，把茶预备好吧！”

使女：“嗳，嗳。”走出去了。

阿辰：“再见！你安静的——”

阿巳：“嗳，再见！请你对你家里的致意问候，心里想着却一直没有去得。”——二人别去。

五 | 老太婆们的对话

在水船的旁边，两个老太婆一面倒出袋里的米糠来，一面磨动着下巴，正在说话。

阿申："老奶奶，你上来了么？"

阿酉："啊呀，老奶奶，你早呀！是什么时候来的呀？"差不多年纪的老太婆，互相招呼叫老奶奶，谁也不知道到底哪个是老奶奶。

阿申："真是的，老奶奶，近来很少看见你呀。"

阿酉："是呀。你的身体没有什么不好么？"

阿申："可不是么？就是那个呀。这总之是老病吧。眼睛不好，腰脚也不强健。没有比这更讨厌的事了。高兴的就只是媳妇儿一个人罢了。"

阿酉："什么，还没到这年纪哩！"

阿申："你想现在是多少岁了？"

阿酉："这么说来，该是比我大些吧？"

阿申："嗳，岂只大些呢，大概要差一转吧。"[77]

阿酉："那么八十岁么？"

阿申："啊呀啊呀，你这老奶奶真是说得人家太可怜生了！是七十呀。"

阿西："哎呀，哎呀！我是去年五十九，过了年是六十岁了，所以大概到明年该是花甲重逢[78]了吧。"

阿申："这位老奶奶，真说些傻话。真是的，真是的，老是年轻人似的元气好。"

阿西："并不年轻了呀！虽然说是老奶奶四十九岁嫁到信浓去，[79]可是到了六十岁，老奶奶，那是脉也要停了呀！哈，哈，哈。"

阿申："你老是快活的，那是很好。长了白头发，性情还是年轻。"

阿西："心里烦闷着，也岂不是徒然的么。我是什么事情都不搁在心上的。或者找点黑发油来搽它一下，想再来漂亮一回也好哩。如果有出嫁的机会，老奶奶，请你给我做个媒人吧！岂不是鬼也有六十岁[80]的时代，正是老太婆的盛年么？阿哈哈哈。"

阿申："哈，哈哈！真是的，你的后生一定是很好的吧！"[81]

阿西："什么后生，什么三升，[82]我哪里管得这些事。死了以后，随它去就好了。这世的事情还没有能知道嘛，死过之后怎么样，哪能知道呢？睡觉以前每天喝一杯酒，舒舒服服的睡了，那就是天堂了。"

阿申："是的呀。你能每回喝一点酒，所以你的心情就不同了。我是没有什么消遣的法儿。一年到头，气闷得厉害。真是的，真是的，我看也不想再看。唉，我已经是，已经是，这个世界住的厌了！"

阿西："啊呀，啊呀，这位老奶奶是，如今就这个世界住厌了，那怎么成呢？死了以后的事情是靠不住的，还不如在这相识的世界上，活到一百岁来好得多吧。"

阿申："啊，我才不爱呢！我是已经，深深的讨厌了。早一点儿也好，等待着如来老爷的来迎哩！"[83]

阿西：“呃，什么事呀，这么不中用的？说是想死想死的人，真是想要死的不曾有过。等得来迎的到了的时候，就要说请你再等我一会儿了吧。”

阿申：“不会有的。这是真实的事情呀。”

阿西：“死了看看，又想要活了吧？正像称赞轰出去了的媳妇，再说后来的媳妇的坏话一样。夏天来了，说冬天好，冬天来了又说是夏天好了。人这东西是，老是说任性如意话的。——我是总是对了儿子和媳妇这样说给他们听的。你们呀，要在我活着的时间，给我多吃好吃的东西才好。不可等到死了之后，才醒了过来呀。在佛坛前面，[84]放上许多供品，什么芋头呀，什么把擂槌削在里边，[85]成了佛的[86]吃也不吃，没有人知道。忘记了斋日，烤了一大块油豆腐上供，或者放上些年糕，和七色糕饼，[87]还不如在活着的时期，用了初上市的松鱼[88]给喝一杯，倒是更大的功德。哦，老奶奶，是不是呀？因为这么的说，小子们倒也很孝顺，用心的做生意。每天做了买卖回来，总是买了什么，用竹箬包了，阿妈，来喝一杯吧，每晚上临睡给喝一合酒的。”稍为兴奋了，似乎将要流出高兴的眼泪来。“你知道，那小子以前也是有点儿荒唐，现在可是盐沁透了[89]的缘故吧，那才真是规规矩矩的，做着生意。阿爹早死了，这也使得他把身子收紧了。可是在我呢，把他养大成人，老奶奶，那才是积了海山似的多大辛苦呀！这样要是天性不好的小子，恐怕至今还是胡乱的跑着玩，抵不得什么用，幸而早早的明白过来了，为了他和为了我也两面都好呀。而且那媳妇儿也是老实的人，早晚都很留心照顾。这也是一件快活的事。那个是，你知道，龙粪新开路[90]的足右卫门做的媒人，偶然的讨了来，前后已经三个年头了。就是不知道怎的，虽然想望孙子，可是那是不得要领的夫妇呀！那本来是天给的嘛，无论你怎么想望，种子没有是养不出来的，老奶奶，是不是？”

阿申：“那是呀！真是不能够如意的事情。我们家是，我身子不听话，连看小孩的事也一点都不能做，可是隔年养一个啦！真是的，很想能够分给你些呢。先前的媳妇留下的孩子三个，这回的媳妇接连的是两个，而且，你知道，也要有了。只要做生意出力那也好，可是个大酒鬼，三天五天的接连着懒惰，这事情就糟糕了。媳妇是在市房[91]一带是有名的大搭拉[92]。自己的小鬼[93]的事一点也不管，专门梳自家的头，让丈夫穿着破烂衣服，小孩的尿布也沁透粪便，一洗都不洗。一吃完饭，便把台子推开，背了小鬼出去了。谁也没有做事的人，没有办法还是我来收拾。借着孩子多这句话，家里的事情一丁点儿都不管。有谁叫他们孩子多的呢？自己高兴造出了许多孩子，还以为了不得哩，真是太不懂事了。你看她那个样儿吧！她也到过你那儿，梳着那个什么香菰姐干瓢姐的头，[94]穿了那仅有的一件儿衣服，直穿到破烂为止。衣服这东西呀，你知道，只要身上弄得干净，就不会显得怎么龌龊，可以穿上洗得干干净净的衣裳的。洗衣服的事且搁下不谈，连怎么拿一根针的方法也并不懂得。因为是做那行生意出身的，[95]大概子女未必会养，只要教教她，缝纫的事情应该慢慢会得学会的吧，这样的想着，可是什么都学不会。不养也行的子女到养了出来了，叫缝洗一块搌布吧，[96]手里全拿不起来。手里给拿上一根针的话，有如炕席铺的人缝着席边哩。[97]嘴巴可是能说会道，人家说了一句，她就会得回答上十句的话。真是的，真是的，叫人心里焦急哩！你听听吧，在漆盘上边刨松鱼呀，在格子门槛上磕烟蒂头啦，[98]随手抓什么东西来当枕头，毫不客气的睡起午觉来。向火盆中间，呸呸地吐痰，拿灰来团团地转一下子，做成好些圆球儿，由我从后边转过去，挖了出来去扔掉，她就故意地向灶王爷那里面吐唾沫去。因为是半夜才睡，早上睡早觉的家伙，聚集些人，来讲一点都没有趣的戏文，说个不了，末了夜里寒冷，说要吃什么稠卤面[99]了，乱七八糟地吃过一通，睡下去了的时候就是大声的打呼。同儿子的梦话混合在一起，又加上嘎啦嘎啦的咬牙齿，吵闹得睡也睡不着。这之间孩子们也醒了过来，哇哇的吼叫，这边那边同时都哭了起来。即使如此，如果不是去把她叫醒的话，她也是不会自己醒的。因为是这种情形，每夜一夜里都是吵闹的不得了，老奶奶。”

阿酉：“好了吧！只要那样，夫妇感情还是好的，那么不干这边的事，你就扔下不管好了。你是照管得太多了。”

阿申：“什么，我才不管哩！夫妇感情好，那么论理应该夫妇不再吵架了，可是在母子吵架的中间，还夹着夫妇吵架。本来连回去的地方也没有，便说滚出去吧。[100]那边呢，看透了这些事，便要起皮赖来了。结局是没有罪过的油灯[101]遭殃，本来并不暗，却说嗳，好暗的灯呀，抓了灯心加上去，尽量的耗费这么价钱贵的香油。这边老爷呢又是这边，胡乱出气，每回总要把在旁边的什么器具碗盏打坏了些。补碗的[102]和漆作工人是我们的老主顾呀。这么样还是不行嘛，真是的，我真是没有一会儿可以安闲的时候。”

阿西："嗳，这种事情你老是操心，这是你自己吃亏呀。老是着急，所以不得安闲嘛。你不要顾什么后生，只把这世做得成为天堂好了。你生起气来，[103]家里都不得安静，那就是地狱的苦恼呀。像我这样的做着，可是也还是要给人家说话，说婆婆嘴烦碎嘛。你已经是五十之后，是二十岁了。[104]那么你就算是五十之后的事情，你是媳妇，把媳妇当作婆婆去应付她，就没有什么麻烦的事了。为得要治家的缘故，给儿子娶了媳妇，这之后婆婆就应得远远的退开了才好。总之婆婆如多开口，这家里便难得安静。你是在说想死想死，那么你就算是已经死了好了，再也没有什么麻烦了吧。"

阿申："老奶奶，连你也帮着媳妇了么？"

阿西："咦，谁会得去帮呀！那是你的不平的废话罢了。我虽则是女人，心却是男人似的，我不爱说什么废活。在说这些话的空儿，还不如来参加大般若建立会吧。[105]因为老在家里，所以不行呀。请你到来，敲着铜锣，大声的唱我们是每天念着佛号呀。[106]你来参加吧，那么精神就舒服了，非常的好。人还是要尽活着下去。那些事情你都扔开好了。嗳，什么都没有好处嘛。——啊，冷起来了。你要上来了么？在十夜[107]那天，请你来吧。反正化缘的和尚会得拿了票子去的。"

阿申："嗳，我总想怎么的能去哩。"

阿西："不是什么总想能去。还是干脆的来吧。"说着，走进浴池里去了。

六 | 在公馆里当差的女儿的事情

三十岁左右的妻子，显得人品并不很低，正在把人中拉长了，在洗着面颊耳边一带。

阿戌："啊呀，啊呀，可不是锅姑儿么？[108]那个小姑娘，一会儿不看见，身子便这么长大了。今年是几岁了呀？"

阿雉："嗳，是九岁了。哦呵呵呵！"

阿戌："是放假[109]回来的么？"

阿雉："嗳。是告了三晚上的假，回了来的。"

阿戌："那是很好的。说起舞蹈来，那是从小时候起，出来当差[110]最好啊。是几岁起，上去的呢？"

阿雉："嗳，在六岁的那年秋天，上去当差的。"

阿戌："嘿，你倒是想得开呀。"

阿雉："是呀，带了保姆去的，现在是会得当差了，以前是老是任性，很有点为难呀。"

阿戌："不呀，顽皮孩子是很好的嘛，可是保姆是，那倒是很不容易呀。练习是怎么样办的呢？"

阿雉："嗳，藤间老板上公馆，所以也是在公馆里练习的。"[111]

阿戌："那是很方便的事情。一定已经很有进步了吧？"

阿雉："嗳，也还是不得什么要领呢。可是这孩子倒是喜欢，所以似乎还觉得容易记得。嘿嘿嘿！"

阿戌："大概要求要看戏文吧？"

阿雉："嗳，已经给看了两家了，今天是带了去上庙去的。[112]在这孩子告假在家的期间，什么事都干不了，所以家里的事务全没有办。明天一早，就要上公馆去了。"

阿戌："为什么，不再去续假，多住两三天的呢？——锅姑儿，哦呵呵呵！真是的，到我们这边，也来玩一会儿吧！阿釜[113]是，刚好年纪的朋友呀。"

阿雉："嗳，多谢了！真是的，阿釜姐也简直是个大人了。每天在好好的出去练习吧？"

阿戌："嗳，光是个儿长得高了，并不变得老实。喂，练习呀，啊，练习吧，那么的说了，这才肯去练习。总之是懒惰得没有办法。而且，你知道，没有缘分。当差的地方总容易跑掉。这边想要去的，那边不成功，中了意的时候呢，这边又不答应。屡次出去试手[114]，总是有了什么障碍，……哦呵呵呵！实在是很麻烦的事儿啊，哦呵呵呵！"

阿雉："不呀，什么事情都有缘分，务必请你宽心等着好了。可是，当差真是难得的好事情呀。并不要怎么教训，举动自然的规矩起来了。在家里无论怎样严格的说，总之有些行为礼节改不过来。上到公馆去，住在那里之后，一切举动自然而然的与前不同了。还有，你知道，这孩子上去的公馆，大概是俸禄[115]很高吧，所以才是十分富贵哩，从津贴什么起，一切都十分优厚。而且那房间的亲娘[116]是个性情很好的人，把这当作自己的孩子一般看待，种种照应，所以当差很是容易。还有夫人[117]看见她中了意，不叫她的名字，却叫她作小顽皮，什么小顽呀小顽的叫，每逢客人到来的时候，都说起这孩子给她夸耀。这真是十分难得的事情。从小就给上去，让放在那里的恩典，生前要是忘记了，那才真是对不起哩。可是呢，服饰都是要讲究的。而且以前的衣服又渐渐的小起来了，这样那样都要从现在起，同大人一样的从头制办，哎呀哎呀，那才是大大的头痛呀。”

阿戌："是呀。可是，渐渐的顺着长成起来了，这孩子穿旧的衣服可以给妹子们去用，倒也并没有什么浪费。可是在阿爹总是件痛事[118]哩。哦呵呵！——真的，到我们这边来玩一会儿吧。叫我们的阿釜给弹琴，请姑娘舞蹈一回看。我倒是很想看看呀！”

阿雉："嗳，多谢了！——喂，回话呀，这孩子！”

女儿："嗳，多谢了！”

阿雉："釜姑儿琴也弹么？”

阿戌："嗳，学了生田派的，可是近来又到山田派[119]那边学去了。已经取到中级许可了。”[120]

阿雉："那是很好的。——你请来说话吧！”

阿戌："嗳，多谢了。”——二人别去。

七｜上方话和江户话的争论

上方系统[121]的女人，身体稍矮而胖，脸色白，嘴唇厚，眼边搽淡胭脂，口红浓得黑色发光，很粗的簪子用白纸重重包裹，为的怕玳瑁受湿要翘的缘故，用了很可爱的声音说话。

上方：“阿山姐，了不得的冷呀！不晓得为了什么，这几天肚皮情形不好，每夜里就肚痛，真是很苦恼。因为这样子，想到澡堂里，来温暖它一下子，所以泡了好许多回了。——阿山姐，你看那个吧！在那家的[122]旁边站着的，那小娃子。不知道那是什么颜色呀？”

阿山：“那个么？那是，蓝里带红的红青色呀。”

上方：“那是很好的颜色啊。”

阿山：“是叫作什么淡紫的，漂亮得很。”

上方：“是很雅致的嘛。我是顶喜欢，顶喜欢那江户紫的。[123]我很想那么样的一件衣服。——阿山姐，你转过身去吧。”

阿山：“你给我擦洗背脊么？那是太对不起了。”

上方：“怎么的，你倒是胖呀。”

阿山：“讨厌啊！胖子我是讨厌透了，还想喝了醋，让它瘦一点儿呢。”

上方：“是么，胖子岂不好么？”

阿山："可是，你瞧，袅娜，苗条，岂不还说是什么柳腰么？"

上方："是么？我倒是觉得不会伤风是很好哩。要是谁来和我赛跑，我还是躺倒了滚着，或者更快一点吧。"

阿山："啊哈哈哈！——已经打了四点[124]了么？"

上方："你说什么呀？早已经打过了。一会儿就要是正午了吧。"

阿山："是么？日子真短了！"

上方："可不是么？——这里出去之后，不到我那里吃饭去么？照上边[125]的做法，想做了圆的[126]来吃，说了不晓得多少遍，家里的[127]总是闭了耳朵不听见，今天不知道为什么，说煮了圆的给吃吧，既然这么说了，所以中午是吃圆的呀。"

阿山："圆的，是什么呀？"

上方："本地是叫作甲鱼嘛。你也吃吃看。"

阿山："啊呀，讨厌，怪可怕的！什么甲鱼，我看也不要看。你说煮圆的吃，我还以为是麦饭呢，原来乃是甲鱼么。啊，想起来也不愉快。在江户呀，漂亮的叫甲鱼是说盖子哩。"

上方："什么呀，盖子？盖子是怎么样的东西呀？"

阿山："因为像是盖子，所以是盖子嘛。上方说圆的，那是什么缘故呢？"

上方："壳是圆的，所以是圆的嘛！"

阿山："那么，两方面都是一半一半的牵强附会啊。"

上方："是啊！本地叫作什么甲鱼羹，甲鱼羹的，[128]我以为是怎么样做的哩，真是好笑，这并不是羹汤，原来就是上方所说的滚煮嘛，咸得要命，真不好吃。照了上边的做法做去，没有这样没味儿的东西。第一是用淡清酱[129]的，所以当作下酒的菜，那是顶好的。我是顶爱，爱吃这物事的。就是鳗鱼，本地的也只是柔软，没有什么味儿，说起上边的鳗鱼来，不是这么样的东西。有名的地方是，京都二条的鱼池，大阪的大正，[130]此外鱼店虽然还有很多，说起上等的，那就是这几家了。怎么办的呢，用铁串上穿了拿来烧烤，烧好了之后，再适当的切作几段，装在大平碗里，紧紧的盖好了拿出来，无论怎么样也不怕会得冷掉了。”

阿山："在江户是，这样子的小气事情是不流行的。江户前[131]的烧鳗是，把热腾腾的出热气的鱼排列在盘子上拿出来。吃着的时候冷掉了，就那么的搁下，吃那再要来的刚烧好的，那才是江户子的办法。冷掉了说拿去喂猫吧，用竹箬子包了拿回去的，那还是很善于打算的人呀。”

上方："是这样么？那么，这算是什么江户子呢？要不让有什么废物，那才是可是自夸呀。好阔气的说什么江户子，从上方人的眼睛里看过来，可全是不行啊。自夸的事情都是颠倒的。所以说江户子是不中用的东西嘛。”

阿山："不中用也好嘛。生为江户人，可以感谢的事情是，从生到死，决不离开诞生的土地一寸，嗳。像你这样的，生在京都，住过大阪，又转到各地方去混过，终于来到这难得的[132]江户，一直在这里生活。所以你们是被叫作上方的赘六[133]的嘛。”

上方："赘六是什么事情呀？"

阿山："是赛六。"

上方："赛六是什么事情呀？"

阿山："不知道就算了吧。"

上方："嘿嘿，关东呗[134]叫赛六作赘六，真是怪话呀！意外[135]也读作意伟，观音菩萨读作观农菩萨，这算是什么事啊？因为这样，因为那样的说，喂，那个因为[136]是什么事呀？"

阿山："因为这是因为，所以说因为嘛。就是说缘故呀。那么上方说的萨凯[137]是什么事呀？"

上方："萨凯是，是说物事的界限呀，嗳。物事的限度是萨凯，所以说这么萨凯，就是这样的界限啊。"

阿山："那么，我说吧。江户话的卡拉你觉得可笑，在百人诗[138]里的歌词上，是怎么说的呀。"

上方："喂，喂，又是百人诗来了！那不是诗，是《百人一首》呀。可是，还没有说是白人诗，那倒是还有出息的。"

阿山："那是我说左了。"

上方："不是说左，[139]那是说错了。真是十分的难听。在看着戏的时候，说什么现在是你的最后，[140]你觉悟吧，什么台愿成就，感激不尽，[141]还有飘亮的人[142]随口说什么万岁咧，才藏咧，[143]也没有人批品，就那么算了。"

阿山："那个那个，上方也不对，不对。什么批品？你说希卡路，[144]那是闪电么？奇怪呀！江户是说批评——西卡路的。嗳，不是说那种词儿的。"

上方："飘亮，批品。的确，那是我错了。——那个，《百人一首》却是什么事呀？"

阿山："就是说那因为的一句话呀。你好好的听吧。《百人一首》

的歌里，有文屋康秀[145]的一首说：——因为风吹了，秋天的草木都枯萎了，……喂，因为风吹了，好么？说风吹了的缘故，所以道因为风吹了的啊。无论上方是说萨凯萨凯，可是歌里不说风吹了萨凯，秋天的草木都枯萎了。”

上方：“对啦，这样说来，似乎你所说的真是正当的了，可是要说呢，自然也有什么可说的。”

阿山：“说台愿成就什么的，也总比较说伶俐是令俐，说漂亮是飘亮，说狐狸是呼狸，要好些子吧。因为这与什么五音相通[146]之说是适合的，不算怎么不合理，近来有博学的人这样的说过嘛。什么延引说延宁咧，观音说观农咧，在母音上边加上唔字去，因为五音相通，恩奈（恩爱），观农（观音），延宁（延引），善诺（善恶），便都变成这样了。他这样的教导我们，所以在你再嘲笑江户话的时候，想来整你一番，我早就是等着的。”

上方：“是么？那么，观农也好，卡拉也好吧。可是，还是那关东呗，怎么办呗，这么办呗，去呗，回去呗，这简直是不像样子呀。”

阿山：“这个也是，在什么《万叶集》，还有以外的神代的书里，[147]据说也有呗呗话哩。呗就是说贝西——可以，去呗回去呗是说可以去了，可以回去了的意思，就是现今，听说做什么万叶派的歌的人，也还使用呗呗话哩。这是我也在那时候一起听说到，在家里记了下来留着，所以请你来把这些歌词看一下吧。俗语里有‘叫什么’——难丘这句话，这丘字乃是叫——笃由这音的紧缩，倒是古话，所以据说是很有来由的哩。”

上方：“什么呀，那呗呗话有什么道理么？”

阿山："没有道理也行呀。你不相信，请到我们家里，去看一下那笔记吧。"

上方："嗳，去看一下吧。你不赌点什么输赢么？我如果输了，我出甜酒，或是大福饼。[148]你呢，你又出什么呢？"

阿山："出是什么呀？"

上方："那是请客呀。"

阿山："是你做东么？"

上方："对啦。"

阿山："唔，我若是输了的话，就奋发一下子请两钱银子[149]的鳗鱼吧。"

上方："那是很好的！"

阿山："啊，痛，痛，痛！啊，真是痛呀。你是，高兴起来，拼命的擦起背脊来了。好了好了。"

上方："哈，哈，哈。趁了高兴，啊，真累得很。"

阿山："喂，你把背脊拿过来吧。"

上方："要报复了么？胡来是不行的啊。这是怎么的，阿山姐！痛，痛！是薄情的人儿！要是麻烦，就丢开了好了。痛，痛！这是怎么的？痛得受不了，因为那里有灸疮嘛。真是擦背的好手。痛，痛痛痛！"

八 | 女孩们的办家家[150]和拍球

看管小孩的女孩子，在主妇给婴孩擦干身子的时间，坐在衣服的旁边，摊开了单幅布做的衣衫，[151]在捉虱子。在她身边有七八岁为头，和六岁左右的女儿，一共四五人，竖着从江之岛买来的贝壳小屏风，[152]在小香合上边铺了洋娃娃的衣服，[153]给娃娃睡了，盖上棉被。用稻草做成的大姐儿[154]，把纸揉皱了，做成岛田髻，圆髻，变样岛田髻，以及轮形髻，[155]拿火柴[156]做了梳子和簪给插上了，用梳头用的旧布片，当作腰带，给系上了，又给解开，说着大人样子的话，在玩着办家家的游戏。

阿春："宝宝，乖乖的睡觉吧。早上醒过来的时候，给你阿番[157]当早点心吧。哎呀哎呀，又醒了么？为什么不睡的呢？阿夏姐，阿夏姐！——哎呀，不是这么的！隔壁的太太，我呀，我们家里的这宝宝，总是哭着，没有法子！"

阿夏："那么，你给安上烫烫的[158]好了。"

阿春："嗳，嗳。那是很可怕的呀！说是烫烫的。哦，可怕呀！早点睡觉吧。大野猫来啦！——嗳，嗳，宝宝是已经睡了。"

小孩中间有坏脾气的讨人嫌的，把年纪小的弄哭了，或是把要好的从中分开，有名的多嘴的鸦头[159]，叫作阿嫌的大麻脸，是小孩们的首领。她用手把青鼻涕往旁边搪开了，再拿手去在膝边衣服上去擦。

阿嫌："哎呀，哎呀，哎呀，哎呀！我是不愿意，我是不愿意。阿春姐什么真是任心任意呀！你本来不是太太嘛。阿夏姐和我才是太太，你本来是当老妈子的。阿秋姐，是不是？"

阿秋在大家中间是个老实的，不中用的人物："嗳，是的。可不是么，阿夏姐。"

阿夏在大家中间乃是聪明的："怎么样，我不知道呀。"

阿春："哎呀，哎呀，哎呀，哎呀！并不是这样的呀！刚才决定的是，我是该当太太的。那么着，我是不答应。我不再同你玩了！"

阿冬对于两边都附和，是个骑墙派[160]："嗳，好吧。阿嫌姐，你不玩也行吧？"

阿嫌："嗳，行啊。本来一点都不发愁嘛！"

阿夏："阿春姐，你忍耐一下子，当着玩吧。就是当了老妈子，反正大家都轮着当的，这样也行吧。你到下回，再当太太好了。"

阿春："我不愿意。阿嫌姐和阿冬姐说那么的话嘛。"

阿冬："我说什么了？"

阿春："刚才不是说了么。"

阿嫌："好吧，你扔下吧。对这样家伙，你别再理会好了。"

阿春："那么，刚才送给你的东西，都还我吧！"

阿嫌："嗳，还你！我不要这样腌脏的东西。"拿出锦绸小片来扔下。

阿春："阿冬姐也把刚才的东西还了！"

阿冬："嗳！"从袖底[161]同末屑一起，掏了出来："三弦丝线的末屑什么，有什么用场！阿嫌姐，是么？"

阿春："还我好了！从此以后，不管怎么的说给我吧，什么都不再给了。"

阿嫌："屁，屁，屁！"引长了说。将嘴唇翻出来，从额角底下瞪着眼睛看。[162]

阿春："左性子[163]的家伙！"

阿嫌："生气的老婆子！——小偷儿，小偷儿！今年的小偷儿是疏忽不得！"

阿春："我什么时候偷了东西了？"

阿冬："给缺牙齿的老婆子喝茶吧，给缺牙齿的老婆子喝茶吧！"

阿春："缺了牙齿，也不干你事！"把嘴唇噘出了。——"阿秋姐，阿秋姐，这边来吧。这块绸子送给你。"

阿秋："嗳，谢谢你！"

阿春："你同我一起来玩。我们玩办家家吧。"

阿秋："嗳。"

阿嫌："瞧你那样子！[164]阿秋这浑家伙！阿夏姐和阿冬姐不要去，来同我玩耍吧。玩什么好呢？"

阿冬："嗳，我们拍球吧。"

阿秋："好吧，同了你两个人来玩办家家吧。"

阿春："嗳。那么样的傻子，不让加入我们队里的啊，阿秋姐。"

阿冬："喂喂，我们来拍球吧。"

阿夏："恢复和睦吧。吵架是不行的。"

阿嫌："别管好了。——喂喂，唱歌吧，大家都唱起来。——一二，三四，五六，七八，还有九和十呀，二十呀，三十呀，四十呀，五十呀，六十呀，七十呀，八十呀，九十九贯目，[165]手头三十六，正在你的面前舂了一百了。——一二，三四，五六，啊，掉了下来了！”这时候，决定次序的比赛已了。“你是第一，我是二，阿冬姐是三呀！”

阿夏：“啊，唱什么好呢？来唱大门口[166]吧。

大门口，扬屋町，
三浦高浦，米屋的倌人，
道中都是非凡的华丽。[167]
仰起头来看时是花紫，
相川清川，逢什么的逢染川，
锦绣集成的龙田川。[168]
这个呀，那个呀，
请看对面，请看新川吧！
张帆的船两只接着走，
那船里载着倌人，载着小倌人，
后边跟着大的官船。
喂，停住吧，船夫停住吧！
停住了给你五升。[169]
五升不要，三个五升也不要，
听了你们天就要晚了。
天晚了，月亮出来了，
这就是郎君的真心啊。

这样一百了，
啊，二百了，
啊，三百了。中略。[170]
总计起来，借出了一贯了。
大染坊的清老板，[171]
主人和清客都在清水六角堂，
大妓楼的松树底下，
听着人们的声音。
啊，一百了。
——啊呀，掉了下来了！”

阿冬："白粉白白的，白木屋的阿驹姐，
还有才三老板，[172]
店里是丈八拿着笔，
——啊呀，掉了下来了！”

阿嫌："远呀远州的大老官，
说是油店[173]的孙子，
是说也说不出的漂亮的汉子，
夏天也穿布袜子，
底下是散纽的皮底拖鞋，[174]
帖哩嗒啦架子在走路。
——啊唷，掉了下来了！真是要叫人生气！”

阿春："痛快得很！"

阿嫌："别管，你这小东西仔！——这回，阿夏姐，我们来唱这歌吧：京京京桥呀，中中中桥，阿夏十六岁，那大袖子的衣衫啊！"

阿夏："嗳，那歌好吧。"

这边的两个人是在办家家，装作街坊串门子。

阿春："隔壁的太太，你好么？"

阿秋："嗳，你来了么。哎呀哎呀，请进这里边来吧。"

阿春："嗳，这是红豆饭[175]，只有一点儿，略表贺意罢了。"

阿秋："嗳，嗳。你这做的真精致呀。"

阿春："请你多多的用吧。"把带的结子移到前面来，[176]用红布做的猴儿枕头，[177]背在背上，很为难似的一面唱着儿歌："宝宝老是爱哭，真是很对不起。——且来看着山，给把一泡小便吧。这里是有花木很多的山嘛。好吧，好吧，好吧，好吧！这里是走过咚咚桥[178]的地方。现在是，要从山上渐渐回家去的路上了。喂，撒尿吧，唏！（拉长。）"

阿秋："太太，你就要回去了么？"

阿春："那个呀。现在还没有回去哩。刚才是在山上，看着花哩。"[179]

拍球的女孩子们看着这边，阿嫌："那样子！荸荠芽头[180]的太太，哪里有哇！阿冬姐，你看那个吧。把扫帚棒折了来，当作筷子，在小酒盅里装一点垃圾，说什么是赤豆饭，太太，只有一丁儿！[181]看那样儿！"将嘴唇翻出来，学着说话。

看管小孩的女人看不下去："阿嫌姐，别说那么左性子的话。

你总是欺侮年纪小的人。大家和和气气的玩着吧。那么分了开来，这伙伴就拆散了。一起去玩着吧！”

阿春，阿秋："嗳！"

阿嫌："用不着你多管事！别麻烦吧，你这烂眼边！"

看管小孩的："真是的，真是岂有此理的孩子！因为这样，所以受男孩的欺侮的嘛。说的无赖鸦头，正是你这种人啦！"

阿嫌："我就是无赖，也犯不着你，呸！"吐了一口唾沫，逃向门口去，刚走了三步，就哇的哭了起来，一直跑回家去了。中途停止了哭，等得走到了自己家的横街口，又从新哭起，哇，哇，哇的拉长了哭叫。

阿春："大家不到我家里去么？"

阿夏："嗳，我去。"

阿秋："我也去。"

阿冬："阿春姐，你让我也来入队吧！"

阿春："嗳，请你也去。"

骑墙派，不中用的人，聪明的和笨的，都发出大声来唱歌：

"俺们回家去吧，

蛤蟆要叫了[182]

俺们回家（拉长。）去吧，

蛤蟆要叫了！"

注 释

［1］这序文也是游戏文章，全用书板被焚及澡堂的关系文句凑合而成，此处说初编发行畅销，出版者获利不少，即用双关词句“肚皮温暖”，与洗澡有关。

［2］木柴经火烧透，随即闷熄，轻松易燃，可以引火，俗名桴炭，或写作浮炭。参看前编卷上注［24］。

［3］见大意注［15］。

［4］澡堂休息日见前编卷上注［3］。休息日不能洗澡，因此急迫的在等候明天。

［5］旧时操堂在端午那一天照例于水中加菖蒲，称菖蒲汤，又伏中加人桃叶，云可防止痱子，称桃汤。今言过了时节，犹云十日黄花。

［6］原文“还不行么”，也可解作“还不上来么”，与洗澡双关，意云还没有从浴池中出来么。

［7］在澡堂里洗浴，长时间泡着或洗濯的人，称为洗长澡。

［8］“十二文钱”原文云“十二铜”，出口氏本注引《嬉游笑览》，云本意是十二镫，乃系捐助十二灯明的油料，照例包在白纸内，捻作一团，用作布施。后乃转用于别的场合，如新正初次入浴，或值澡堂的节日，熟客均须以此相赠，称为御捻。从绞脑汁联想到绞米糠囊，又说到同类扭绞而成十二铜，正是滑稽文章的手法。

［9］旧时澡堂男女两部，中隔一板壁，净汤池介在中间，有竹筒

放热汤入池，两边不能相见，这里只是利用竹管字样，说得仿佛是从这里推测出来的罢了。

［10］原本系木刻插图，每编各分两册发行。

［11］参看大意注［15］。

［12］出口氏本注云，旧时废止混浴之后，有些澡堂分男女两场开放。早晨先放男堂，第二场才是女堂，但后来男女分为两堂，这就只剩了一个名词，这里用了只是双关第二编而已。

［13］乌鸦洗浴是说时间很短，其实鸟类都是如此，不过乌鸦因系常见的鸟，所以俗语这么说的吧。

［14］“云尔”二字在中国古文中常见，特别多用于序文末尾，作者写游戏文章，特地模仿古文，所以屡次应用，虽然有些地方在文法上可以不用。据序文计算，二编两卷也是在五日中写成的。

［15］“江户前”一语本用以指物品，特别是鳗鱼。据出口氏注引山中翁说云，江户前面是永代桥一带的隅田川，从那里捕得的鳗最好，称为江户前的，是道地的鳗鱼。后来转变用以称神田日本桥一带地方，作者那时住在日本桥的本石町（大意末尾还只称作石町），所以用此名称。“市隐”是中国旧语，作者以著作为职业，一面也兼营着商业，贩卖各种药物化妆品。

［16］《女大学》原名《女大学宝文库》，系贝原益轩所著。《今川》参看前编卷上注［140］，今川了俊著有《今川帖》，此处系指《女今川》，为泽田吉女所著，乃用假名文字所写的一种女诫。

［17］“云尔”见上注［14］。三马平常自称“戏作者”，本书题名上又故意加上“诨话”二字，表示与当时流行的正统文学有所区别，但是儒教道德的文学的势力很大，作者也就不得不来学说几句，在序文上多能看到。

［18］触祝融氏之怒及化为乌有等语，均系原文如此，不加改修，

因为原本故意运用汉文古调，也是游戏文章的一种手法。

［19］“百鸟叫”，原系一种杂耍，由一个人学各种鸟类的叫声，这里只用作比喻，将门前走过的各式讨钱人的声音，比作百鸟罢了。

［20］玉垣系说神社石墙的敬语。此一节是伊势神宫举行祓除仪式时的祝文，毛和尚走到人家门前，口诵此词，请求布施。

［21］此系法华宗即日莲宗信徒所唱的词句，日莲是十三世纪后半的和尚，初修天台宗及密宗，后乃转入狂信，认为只有《妙法莲华经》是如来的本意，自立一派，高唱“南无妙法莲华经”，以代替佛号。在日本佛教算是一个改革家，但多有热狂分子，可能包含着好些神道精神。但在日本民间势力相当不少，信徒尊称他为高祖，又如本文中称为菩萨。

［22］这几句话称为回向文，在法事终了的时候，照例要说，意思是将此番功德转回给国家人民，或是代代先祖。源出《法华经·化城喻品》中，但与日莲宗却无一定的关系。

［23］八宗是中国佛教各派的总数，九宗是随便凑合上去的，只是说宗派之多而已。

［24］出口氏注云，净琉璃中唱常盘津一派的名字，末尾常用文字二字，唱富本一派的常用丰字放在上头。这里意思说她好像唱净琉璃的女人。

［25］出口氏注云：旧时艺妓白牙齿，妓女染黑牙齿。一般妇女则闺女皆白牙齿，结婚后剃去眉毛，染黑牙齿，至明治维新后始废止。

［26］这种花样当时叫作“谜染”，系染出花纹，再用文字解读，成了一种意义。这里原文画作一把斧子（双关解作好字），一张琴（亦云“筝”，解作事字），一朵菊花（解作听字），合起来是“听好消息”的意思。

［27］这一句是译者补充的，因为原本后边提出名字，有点来得鹘

突。看来她不是唱书的，却是一个艺妓，照作者惯例，常将有关名物拿来当作名字，这三味即是三味线（三弦）之略。

［28］鲷是日本海鱼，读若“他伊”，在中国市上称为大头鱼。阿鲷名字的意义，参看上文注［27］。晚上是指前夜在饭馆有人叫局闹酒的事情。

［29］吞助，饮六与上下文的糟兵卫及酒香，都是指酒客，均以与酒有关的字为名。

［30］甚句亦称甚九，是一种民谣的格调，大抵用七七七五这样四句合成，合计二十六音，比三十一音的和歌为短，却比十七音的俳句为长。此种格调似最为日本人民所喜爱，此外如潮来调，及通行的都都逸调，也都是如此，只是唱法不同罢了。

［31］打扮这里是说头发梳好了。

［32］日本有专业梳头的女人，阿栉阿筋皆是，名字的取义参看上文注［27］。栉即是梳子，筋为“毛筋”之略。是一种黄杨制的长针，一头扁平，刻作小梳的样子，一头尖长，用以划分头发，毛筋意思即云发绺。

［33］木屐系是总称，这里原文所说只是其中一种，名为驹下驮，特色是屐面与屐齿都用一块木头所雕出，不像阴雨天的下驮，屐面用甲种木，屐齿又用别的硬木镶上去的。

［34］稻收获过了的田里，有时从根上还长出稻来，称为二番稻，大抵只有疏朗的几株。

［35］日本俗语云七难九厄，代表一切苦难，这里只是说脸上的各种缺点。

［36］木屐的底分作前后两半，中间用皮钉着连住，亦称折下驮。

［37］这一句也是补充的。拨本系弹琵琶用的拨子，日本弹三弦时亦用此物。

［38］财神会参看前编卷上注［117］。酒宴中往往招艺妓侑酒，虽并不唱曲，亦称出局。

［39］八点是夜中二时，参看前编卷上注［68］。

［40］原文云“弱虫”，俗语可说“脓包”，但嫌字义稍差，故暂用地方方言“孱头”。

［41］澡堂里擦澡的人通称三助，据出口氏注引《大言海》说，盖因此辈多用三助等名字，故转为公名，有如说张三李四。

［42］参看上文注［24］。俗传三弦下端系用猫皮，故艺妓诨名为猫。阿弦亦取三弦之义，丰包第二字原文从髟，解作女人发髻上突出的后部，中国俗称燕尾儿者是，但汉文中无此训，只说是多须貌，今故不用，省作包字，而于注中说明原意。

［43］纪国屋系名优泽村宗十郎的字号。

［44］出口氏注云，旧时戏文每兴行一次，历四十日为一时节，自十一月一日起，计分冬春夏及中元，又西下留别演出，共有五时节。

［45］丸三意云圆中三字，系店号徽章，乃是一种特别茶馆的名号，专供看戏的人休息，并代办一切手续的地方。

［46］正当应云像声，原是一人模仿各优伶的声口，学他们的唱戏，与中国通行的相声有别。

［47］有人头颈前伸，背现圆形者，俗称为猫背脊，因为猫时常把背拱起来的缘故。老鼠粪形容泥垢，这里乃因猫而连带说起的。

［48］“老爷子”系北方方言，意义口气与原语“亲仁”正相合，故借用之。

［49］“这一向可好”之略，见前编卷下注［133］。

［50］旧时儿童上学，在书塾中差不多以习字为主，所以一般以习字为上学的通称。

［51］原文云“阿萨”，系小儿叫番薯的俗名，因为日本从南方输

入白薯，故称为萨摩芋，略称阿萨。

[52] 三田村氏注云，阿林系使女的通称，犹如男仆之称权助。

[53] 这里阿辰阿巳，均用干支为名，小孩名阿马，也即是午的变相。下文有阿申，阿酉及阿戌，亦是同一的例。

[54] 连用“那个”，作为话中助词，乃小孩常态，今悉依原文，不加变动。

[55] “饭盒”原文云“辨当”，初解作行厨，其后转作个人随身携带，装有饭菜的食盒，以便在外食用。现代工作人员多是如此，但在此处当另有说明。出口氏注引山中翁说，当时小孩往书塾学习，喜欢各带饭盒，在塾中聚会吃食，所以许可他们携带，便含有一点奖赏的意味了。下文说饭盒要是迟了，当是中午送去，并非小孩自己带去的。

[56] 小孩对大人有所请求，竭力催逼，辄作鼻声，表出欲哭的情状。

[57] 肉桂系是中国旧药，小孩买来吮食，有辛甜气味。水中泡丁香，令有香气，小儿灌入水盅内，用以磨墨写字。

[58] 见前编卷下注 [18]。据三田村氏说，合卷的改装发行，系由于三马的计划云。

[59] 丰国见前编卷下注 [12]。国贞亦姓歌川，为丰国的弟子，其师死后袭称二世丰国。

[60] 中国旧时也有此类花纸，出典未详。出口氏注引《世事百谈》，云世间俗称老鼠为新娘子，或者因此想出来的亦未可知。

[61] 江户时代最初刊行绣像小本，纸五枚订作一册，书面用红纸，贴黄签，通称红皮书。内容多系民间传说故事，一般平民及儿童，均甚爱读。“老话”系直译原文“昔话”，指从前流传下来的童话故事。

[62] 日本妇女旧时梳头，主要是三部分，一曰鬓，在左右两旁，二曰髻，在头上，三曰他波，写作髟下包字，即脑后突出部分，北方俗称燕尾儿。鬓插最初系用鲸须制成，装在鬓内，使之鼓起，后有用

玳瑁或银制者，则近于鬓夹了。

［63］原文云“摘髱”，即是说燕尾儿系梳时用手拉成，并不用什么器具的。

［64］顶上发髻有各种式样，原系由本人头发梳成，后来发明假髻，系用纸板糊成，戴了上去，只须再用头发薄薄盖住，便成功了。

［65］旧时日本京都在西京，江户虽系将军所住地方，比起究有高下，所以京都样式总占着势力，一般说话也说京都大阪一带是上方，江户叫作关东。本来上方人是京都人士的代表，比关东乡下人不同，但江户文学发达之后，本地人气焰增高，在许多作品中又往往颠倒过来，把上方人说得不及江户子了。

［66］“家里的”系俗语，妇女指自己的丈夫，大抵通行于市井中流阶级。

［67］旧时日本习俗，妇女怀孕照例过五个月之后要系上肚带，这名称岩田带，大概原是保护胎儿的用意吧。本来说是在五个月第五天，但也无从严格规定，却是大抵选用历本上的戌日，因为狗是生产安易的。肚带用红布，须由母家供应，并祝贺的糕（糍粑）一并送去，系带后将糕分给亲戚。

［68］原文云“赤鱏”，中国古医书上称海鹞鱼，亦称邵阳鱼，锅盖鱼当系某地方言，颇得要领。这种海鱼咸制的，旧时东南有之，俗称呼鱼，不知什么字。

［69］实母散系旧时中国方的妇科用药，至今尚有。妇王散据三田村氏说，在日本大地震前有售，店在东京神田须田町。

［70］原名照降町，系民间口头俗名，不见于地图上，本名小网町，因近地一带多是卖雨伞及高齿木屐的店铺，所以得到这个名称。

［71］出口氏注引山中翁说，民间俗信，熊能使得小孩天花麻疹的病减轻，故有人牵了小熊，颈间带着五色的币束，腰里系着白布的肚

带，往来讨钱。用这肚带给产妇系上，必可安产云。

［72］催生的符咒系各处子安观音子安地藏那里求来，“子安”即是安产。纸人儿也是一种符咒，系纪伊加田地方的粟岛神社所发给，普通亦称淡岛，所祀神系一女子，云能治疗妇人科病症。

［73］原名“德利”，系一种通用的酒瓶，普通内容液体一合，约合四两，大者可容一升以上。

［74］这句原文意稍费解。因为日本从来家业全归长男承受，所谓嗣子，次男以下例不得与。又儿女分别计算，男儿如生当第三四，亦从头算作长男，女儿则自依次称长女次女。此处第二的阿哥似只可依照中国说法，解作生当第二的长男，所以应是嗣子，若作男儿中的第二个解，则是次男了，照例是不能继承的。

［75］此处原文云“奉公”，即是说服役，是日本封建制度下遗留着的特别用语。因为强调主从上下的关系，把一切徒弟伙计婢仆的工作都说作“奉公”，虽然后来通用已久，原来的气味也多少失掉了。

［76］参看前编卷下注［8］。

［77］“一转”平常是说干支一轮即十二岁，这里的意思乃是指十年。

［78］民间称六十岁为花甲，但旧时系说满六十年，所以到了六十一岁才算是周甲，日本称为“本卦复归”，与这算法相同。

［79］出口氏注云，小孩拍球歌中有云，善光寺老奶奶年纪四十九，说要嫁到信浓去，但加贺地方村中歌则云，今年是九十九，嫁到熊野去。三田村氏注引小林一茶作俳句云，老奶奶四十九到信浓去，〔带着〕纸衣呀。可见这俗歌流传的久远了。

［80］日本俗语有云，鬼也有十六，粗茶也有头汁，意思是说粗茶初泡上时的第一碗也有香味，鬼虽可怕，在十六岁时也有她丰美的时代。十六即中国说二八的意思，现在把这句话颠倒说成六十罢了。日本旧时所谓鬼系是鬼物，乃妖怪之类，可以自少至老，想像有种种的

不同，所以有青年鬼女，与青年女子的鬼魂意义是不一样的。

［81］“后生”系佛教用语，三生之一，即是指后世，来世。“后生好”这句话原是说来生幸福，但普通转成一般生活幸福的意思了。

［82］日本语“后生”读音与“五升”相同，因此用作戏谈，与“三升”拉在一起。

［83］佛教的净土宗信徒根据《阿弥陀经》，相信西方有极乐国土，即是净土，只要一心念佛，死时自有净土的使者来迎，往生其处。净土的主者是阿弥陀佛，但这里与释迦如来混而为一了。

［84］佛坛本来是供养佛像的地方，但日本一般转用于供奉祖先牌位的小龛，因为人民信佛，相信人死后往生净土，即是成佛，所以称死者为佛爷，佛坛的名字因此也就觉得没有什么不合了。

［85］日本人几乎每早必吃酱汤，须用擂槌将豆瓣酱在乳钵内搅碎，因此连木头也吃下去了。出口氏注引用《捞海一得》卷上云，俗语谓上自侯爷，下至贫贱居民，每日无不吃擂槌者。田汝成著《委巷丛谈》云，杭州人一日吃三十丈木头，以三十万家为率，大约每十家吃擂槌一分，合而计之则三十丈矣。是因杭州乃甚蕃昌之地故也，日本用味噌酱，用擂槌亦必很多吧。以此率计算，江户人家吃下擂槌木，每天也当有几十丈吧。

［86］“成了佛的”即是指死者，见上文注［84］。

［87］七色糕饼，据出口氏注云，旧时信奉庚申神的人，每于庚申日供七色糕饼，其实是七种粗点心，现已没有，只是在大阪神户地方，中元祀祖先供物用七色果子，乃是茄子黄瓜芋头，梨柿栗等物了。

［88］松鱼沿用日本旧称，通常写作鱼旁坚字，系取会意，与古文解作大乌鱼的原字不同。日本将此鱼分片蒸过晒干，刨片用作调味料，坚硬如木，故制此名，中国亦遂称为木鱼。鲜鱼煮食，并不怎么好吃，但江户时代因鲜物珍重，特别在初上市时，市民争先购买，以相夸耀，

才隔一日，便价值相差甚远，系当时风气如此，明治后已没有此风了。

［89］比喻说世间的艰难辛苦，于人的经验有益，大概也取义于咸鱼腊肉的作用吧。

［90］旧时所谓新开路大抵都是小路，只是“穿堂门”一类的路径而已。出口氏注引山中翁说，江户有狗矢新开路，这龙粪云云或者模拟那地名的吧。

［91］普通住房另立门户，大小自具结构，这里所说市房原名“长屋”，乃是若干家一排，栋宇连接，不过分作数户，有出入口而已。

［92］“搭拉”系直译原文意思，又与北京方言相合，是说衣服拖曳，引申为百事废弛。

［93］“小鬼”原文云“饿鬼”，系从佛教的饿鬼道转出，专门用于小孩，含有侮蔑的意思。

［94］出口氏注云，旧时江户妇女梳一种香菰髻，系因形似得名。干瓢乃是用圆匏，削片切丝晒干而成，作为肴馔，近似黄花菜。这里因香菰而连及，其实并无此项发髻名称。

［95］这句话暗示系由妓女出身。

［96］］搌布常用旧布数层缝成，这里所谓洗，乃是说先将旧布洗过，贴在板上晒干，然后再缝。

［97］“炕席”原文云“塔塔米”，系先用稻草编成底垫，厚约寸许，上盖草席，两面加边，系用麻布以麻线缝钉即成。这种缝边工作，乃是用略弯曲的长针缝钉，比较简单，故用作比喻。

［98］刨松鱼应用木盘去接，漆盘易有损伤。旧时妇女多吃旱烟，用具仿佛如潮烟管，烟头须磕入贮水的竹筒中。今如磕在隔扇的门槛上，自然就会得要烧坏了。

［99］这与中国的稠卤面相似，但是卤并不那么稠。大概因为吃时系在夜中，故出口氏注解为汤泡饭，但夜里也有挑了担卖面的，所以

可能现叫，或者这比当时要自做的泡饭，还更合于情理，亦未可知。

[100] 日本旧时夫权特重，丈夫对妻子有什么不惬意，可以随时休弃，只须给一张三行半的休书，便可以叫她回娘家。这里说女人既是妓女出身，没有什么娘家可以回去，所以只是空骂一通罢了。

[101] 旧时家中都点油灯，外有木框，四面糊纸，可以提着走，称为行灯，也使用灯心，同中国一样。

[102] 见前编卷上注 [153]。

[103] 原文云“你烧起修罗来”，系用佛教语，与下文地狱相应。修罗系阿修罗之略，原义云非天，乃六道众生之一，性喜争斗，故引申为愤怒等意义。

[104] 俗语云，人生五十年，这里便以此作标准来计算，阿申已有七十岁，即是已过了一世，外加二十年。今如算作第二世了，则正是二十岁年纪，相当于做媳妇的时代。

[105]《大般若经》本名《大般若波罗蜜多经》，共有六百卷，唐代玄奘所译，即是《心经》的详本。这经会不知是如何情节，大概也是一种念佛会，或者可以解作心经会吧。据三田村氏注，这会目的大概是在购置该经，建立本来是说修庙，后来意义渐渐转变了。

[106] 出口氏注云，这大概是募化大般若经会时所唱的词句，但关于这事未能详知。

[107] 十夜见前编卷上注 [75]。

[108] 阿锅阿釜是假定的使女的通称，这里大概只是随便使用，在如本文所写的那种家庭中，照例未必用这样名字。

[109] 放假见前编卷下注 [8]。

[110] 当差见上文注 [75]。但这里是说女孩，情形又略有不同。出口氏注云，大商人的女儿们依据所学得的技艺，声请在诸侯公馆当差，学习礼仪，在江户时期有此习惯。

[111] 藤间是舞蹈的一派，祖师勘兵卫系藤间村出身，故名。

[112] 上庙原意是往寺里烧香，但因日本旧时各家祖坟都附属在寺院，所以这里说上庙，即是等于去叩拜祖先坟墓。

[113] 参看上文注 [108]。釜在中国俗语也叫作锅（南方或称为镬），大抵锅深釜浅，或者二者区别就在这里吧。

[114] 试手原系指雇用工人时，先来试工几天，试后再行决定雇用办法。

[115] 俸禄系旧时日本指诸侯以下，每年所领受的禄米数，多的有数百万石，从所管辖的土地上去征收来。这里所说大概是一种小诸侯吧。

[116] 在侯府即公馆里，夫人底下有许多使女，高级的是“奥女中”，即是上房侍女。虽说是使女，差不多是女官，在她手下又有些使用人，上文注[110]所说大商人的女儿也就大都放在她们的手下当差，干点小事情，一面由她照顾教育着。她们有各自一部分房间，又仿佛是那些少女们的母亲，所以有此名称。

[117] 夫人即是公馆的主母，如果是小诸侯，那么就该是侯夫人了。

[118] 如出口氏注所云，父亲因为要多花钱，所以腰包里很觉得有点痛吧。

[119] 日本的所谓琴与中国的古琴不同，其实是一种筝，因为这名称不通行，所以仍旧用了琴字。在筑紫地方兴起，由僧玄恕传于盲人八桥检校，后益流行，分为各派，山田是其中重要的一派。

[120] 山田检校学于生田，独创新派，故名。原文不说山田，却用声音相近的尼驮二字，今简单的写作山田了。

[121] 参看上文注 [65]。这女人生于京都，后来住在大阪，是道地的上方人。

[122] 出口氏注云，那家的是京都大阪方言，是说人家的内室，

意云太太。

［123］江户紫是江户特有的一种染色，紫中多含蓝色，与所谓京紫的多含赤色的不同。

［124］旧式四点即上午十时，参看前编卷上注［68］。

［125］上边即指上方，口气里含有优越的意味。

［126］“圆的”，可以译为中国的圆鱼，惟原文不曾说穿是鱼，所以这里保留了原意的直译了。

［127］参看上文注［66］。

［128］甲鱼羹只是名称如此，其实是一种素菜，一名滚煮，系用芋头慈菇之类，用酱油煮干，所以味道相当的咸。

［129］清酱系北京俗语，即是酱油，今借用。出口氏注引山中翁说，淡酱油在江户普通不用，大抵用一种浓厚的酱油，上方称为滴油的，但在京阪地方则不使用云。

［130］鱼池系饭馆养活鱼的池子，这里大概用作店号，在京都二条地方，原文只云京，今用意译。大正据注云是有名的鳗店，在大阪道顿堀。

［131］江户前见上文注［15］。这里用于鳗鱼，系是本义。

［132］“难得”日本语又含有可感谢的意义，与上文“生为江户人”云云相应，但两处译文不能统一了。

［133］赘六或云赛六，系江户人嘲骂上方人的话。一说此系大阪商民自负的话，后来成为诨号。德川家康时，丰臣氏子孙末后据大阪城抵抗，终于灭亡，因此大阪人备受奴辱，及后经太平时代，商人渐占势力，几乎凌驾武士，因此放言武士所有甲胄弓箭刀剑六者，在他们都是赘物，所以称为赘六云。“赘六”原读作zeiroku，后又转为“赛六”（sairoku），平常因江户人读“埃”音（ai）为“呃”（ê），遂以为赘六系赛六之转变，如上说则赘六乃是本称，现今一般也通称如此。

［134］江户话多呃音，又，“可以”（beshi）也读作“呗”（bei），故俗称关东呗，或呗呗话，即是指江户话。

［135］原文云“虑外”，亦可解作无理举动，根据注［133］所说，riogwai读作riogê。“观”“音”（kwan-on）二音连读成为kwanon，乃系另一音例。

［136］江户语“因为”读作kara，上方则读sakai，故成为争论，但此实系从古语出来，并不是简单的方言。

［137］萨凯即sakai，上方语用作“因为”解，作为名词，意云界。

［138］《百人一首》系和歌选集的名称，顶有名的是藤原知家在十三世纪中所编，定家所写的所谓小仓百人一首，普通略称《百人一首》，流行之广可与中国的《唐诗三百首》相比。江户人说话将一字音略去，首字由shu变为shi，因此读起来转讹为“百人诗”了。

［139］原文在发音上稍有差异，表示讹俗，今就译语中设法表示，尚觉可通。

［140］出口氏注云，戏文中常用的套语，在将要杀人的时候，对人威吓用语。“最后”（saigô），江户读作segô，这里所嘲笑的即是此事。

［141］这也是戏文常用的套语，用于盗贼胜利的将宝物偷盗到手的时候。江户语读“大”音为dê，今姑偷借用台字表示，如作南方音读便合。

［142］上方人读“立派”（rippa）为gippa。下文“批品”也是如此，见下注［144］。

［143］万岁舞系新年的一种民间歌舞，略称万岁。演万岁舞的人称为才藏，盖节取岁字，下加藏字略拟人名，后字变为才藏。岁才原音皆读作sai，江户转读成为sê音了。

［144］“批评”原文作“叱”，正音为shikaru，上方人读作hikaru，所以是错了。后者写作光字，所以本文说是闪电。

［145］文屋康秀是九世纪的一个歌人，所作收在《古今集》中，其中最胜者共有六人，后人称为六歌仙，文屋位居第四云。

［146］五音相通即是说双声字的通变，所谓五音乃是指五个母音，如大可以变作台等。但下文所说却另是一例，第一字的末音与第二字首的母音拼合，与五音相通说便无甚关系了。

［147］出口氏注云，殆指《古事记》中的神代卷，但在《万叶集》及以前的古书中有无说及，未能详知，只是《源氏物语》卷八花之宴卷中曾有此字云。

［148］大福饼系一种极普通的点心，用糯米煮饭捣烂，中裹豆沙，略如南方的麻糍，价廉味美，通行民间，妇孺尤为爱吃。

［149］原文云二铢，日本旧时币制，银一两分为四步亦称为分，每步又分为四铢，一铢值一两十六分之一，两铢计值银一钱二分强，译语改用了整数。

［150］“办家家”是北京话，南方有地方叫作“办人事家”。日本通称“饭事”，便是学做饭做菜玩耍，这里却称作“邻家事”，因为是在学作邻家来往模样。

［151］小孩衣衫只用单幅布裁，与在背心缝合的双幅布所裁的不同。

［152］江之岛在镰仓附近，系陆地边的一小岛，上有神社，但以辨才天得名，其地出产各种贝壳，制成玩具出售。

［153］香合原系盛装香末的盒子，普通用以称一种小盒，用纸板糊成，上贴绸片或色纸，底面套合而成，充作女孩玩具。洋娃娃今袭用普行的新名词，因为别无适用的字，虽然洋字的意义不很妥当。

［154］“大姐儿”乃是直译原意，大抵系指女孩们用布片稻草等所自制的玩具，形状具如本文所说。

［155］旧时日本妇女发髻样式繁多，以上几种在当时最通行，维新后改为束发，除艺妓等以外，旧式渐渐将归于消灭了。

[156] 在洋火通行以前，日本与中国一样，多用火柴，亦称发焠，用易燃木质削为薄片，上端削尖成牙璋形，略蘸硫黄等引火物质，就留存的炭火上一碰，即可发火。北京旧称取灯儿，洋火则称为洋取灯儿。

[157] 阿番即番薯的俗称，妇孺常用，见上文注 [51]。

[158] "烫烫的" 系小孩语，指艾灸。旧时教育法常用艾灸恐吓小儿，认为艾灸无伤大体，可以替代体罚，可能也有人实行，于臀部施灸者。

[159] 原文云 "阿摩"，读如阿玛，意云尼姑，系对于女人骂詈或轻蔑之词。

[160] "骑墙派" 系意译，原文云 "大腿内面的膏药"，意思是两面都粘着。

[161] 日本旧式衣服的袖子是很大的，本应照古文写作袂吧，这样式与僧衣的大袖相似，不过底下一部分前后都缝合，所以可以安放零星的物件。

[162] 小孩对人表示轻蔑反抗，辄将下嘴唇噘起来，说道：毗，毗，毗！因为音近今写作屁字，其实与这本无什么关系。从额角底下看人，也是小孩常用的一种态度，表示憎恨的意思。

[163] "左性子" 系北京方言，含有心怀嫉恨，故意别扭使坏等意味。

[164] 此句系直译，多用于看到敌人失败，表示快意的时候，但也用于骂詈诅咒，如此处便是。

[165] "贯目" 如作重量计算，即是一百两。但如作为数目，在币制上一贯即是一千文，这里下文又作舂了一百，儿歌上的意义多不可解，此亦是其一。

[166] "大门口" 这里特别是指江户吉原（官娼集中地）的大门，此歌用 "大门口" 一句起头，故名。

[167] 扬屋町是吉原的一条街名。三浦等当都是妓女的名称，出

口氏注对于儿歌全无诠释，故不能详。“道中”犹云行道，是吉原的一种宣传行事，每年在一定的三天日期内，有太夫称号的高等妓女穿着盛装，围绕着男女侍从，打着日伞，从京町至江户町走一个来回，称为道中。

［168］花紫以下，似都是“太夫”的花名，龙田川以枫树红叶著名，故今双关的说及。

［169］“五升”大概是说酒，不是说米，虽然本文中不曾说明。

［170］“中略”系原文如此，非是译者略去。

［171］出口氏注云，此处系另一首儿歌起头。歌的意思比前者更不易解，因为没有唱下去，此亦是一个原因。

［172］旧剧《恋娘昔八丈》中的人物，阿驹与才三要好，把她的丈夫喜藏毒杀了，将要被处死刑，那时前夫的旧恶发觉，得被放免。丈八是白木屋店里的一个伙计，在剧中出观。

［173］这一首儿歌的头两行疑问颇多，今取其大意，未必确实，“油店”原文云“油万朱”，未知何解，不见于字典，出口氏亦无注语。

［174］原文云“雪踏”，意云雪地穿的下驮，参看前编卷下注［39］，是同类的物事。

［175］旧时风俗，有什么喜庆事情，家中用赤小豆蒸饭，并分赠亲友邻居，称为赤饭。

［176］日本妇女衣上系带，带结甚大，放在背后，这里因背负不便，故将结子移到前面来。

［177］日本女孩自制玩具之一，用长方红布，四角均各并折缝合，装满棉花，再将中间缝上，另以布裹棉花作圆球，缝着前边两叉的中间，作为头部，便成为猴儿形。因为状似枕头，所以这里如此说，小孩则常当作娃娃，或抱或背，本文中即如此使用。

［178］这或者可以说是旱桥吧，江户地面高下不一，往往有两边

高地，中间夹一通路，有如山谷，两岸往来须架桥梁，不过下面不是河流而已，因为大都是木桥，走起来咚咚作声，故有此名。

［179］日本看花，有杜鹃，牵牛及胡枝子花各种，但以樱花为多，所以普通说看花，都是指樱花。

［180］小时候儿童剃去头发，只留顶上一块，以头绳束住，称为“芥子坊主”，意云罂粟和尚，盖谓形似罂粟。荸荠芽头系南方形容幼儿小辫之词，今姑且借用。近松所作历史剧《国姓爷合战》中，有句云，“鞑靼头的芥子坊主”，乃用在辫发上。这剧是叙郑成功扶明灭清的，成功曾受明帝永历赐姓，在日本称为国姓爷，很有名望。

［181］阿嫌故意学说阿春的话，将字音弄错，这里原语是——“太太，只有一点儿。”

［182］出口氏注引山中翁说，以前江户市中多有蛤蟆，每到傍晚，各处都叫了起来，在屋外游玩的小孩便这样的说着，各自回家去了。这歌至近时还存在，虽然事实上已经没有蛤蟆叫了，因为日本语“回去”与“蛙”都一样读作卡厄路，儿童对于双关的字感到兴趣，所以一直到后来还是唱说着。

浮｜世｜澡｜堂

二编卷下

九｜多嘴的大娘[1]和酒醉的丈夫吵架的事情

被人家称作女流氓的，多嘴的大娘阿舌："大娘，你来了么？喂，筑日屋的大娘！"

对人很冷淡的大娘阿苦："嗳。"只回答了这一声。

阿舌："今天给我们希罕的物事，真是多谢了。一直只是收受你给的东西，什么都没有还报。而且，那个腌小菜，[2]又是多么味道好呀！那个是，请教，是怎么的腌的呢？真是了不得的高手呀！"

阿苦："什么，本来是不值得送给人的东西，……"

阿舌："怎么样才会得那么的好吃呀？——啊呀，阿泥姐，你真早呀！"

阿泥："阿舌姐，你早呀。你怎末啦？"这个女人是莫名其妙的出身，[3]她的说话很有些特别。

阿舌："怎末啦？就是这末啦呀！"学她口气说话。

阿泥："就是你怎么样就是了。真会寻人家说话的缺点。好不讨厌！"

阿舌："好不讨厌，也说的好浑，不讨人喜欢！"大声的嚷说。

阿泥："哎呀，我求你吧，阿舌姐！你这算是在干的什么呀？"

阿舌："我是在学你的说话呀。"

阿泥："真的么？你真好管闲事呀。这将来自然会得改好的嘛。"说着话，走进浴池里去了。

阿舌："是么？会得改好的嘛！这可是容易不会治好哇。——喂，米糠袋借给你用吧？"

阿泥："我有哩。"

阿舌："你好好的丢我的脸。三年都不能忘记，你记着吧！——阿鸢姐，阿鸢姐！你已经要上来了么？再等一会儿陪陪我吧。现在要去再泡一下子，我们一块儿上来好吧。——喂，喂，昨夜的事情谢谢你。那个，我们家里的那人，我告诉你听。胡乱的喝醉了回来，一跨进门口，就大字那么样的躺倒，说种种无理的话，和人为难。末了你道是怎么样？说还喝的不够，叫再去买酒来。什么啊，你想，从怀里掏出钱来，"这个女人说话断续不清，读者要请自己留意文法拼法才好。"说俺自己去买吧，说着要去穿草鞋，我把他抱住，说你这东西坏心肠什么的。醉得一塌糊涂的，连说话都说不清楚，直嚷有什么可笑，[4]酒什么我是看也不看，只这么说，就把我抓住，往屋里一扔。你想看，油灯也翻了，阿咧[5]也哇哇的吼起来了。哇，点灯！这样说着，正要用铁勺里的水泼过来，这一下子把汤罐也打翻了，茶炉[6]和吹火筒弄得全是灰了。这之后邻居的阿蛸姐[7]跑了过去，点灯喽什么喽的干了起来，他倒是太平无事了。我也是心里有东西[8]的人嘛，不能就那么答应了。什么呀，说什么多嘴的鸦头[9]，真是太胡闹了。这边是，嘴有八张，手也有八只的。[10]是太太们中经过劫来的，[11]所以和别处的大娘们办法不是一样的呀。是肚里喝满了泥水[12]的女人嘛！什么也不想的就是一顿打，可是就让他同病狗一样的，打杀了就算，那也不成吧！我这么那么的说了些，你听听吧，拿起棕扫帚[13]来，把人打得个半死不活。现在也还是身体疼痛的不得了。你看这个吧，长了这么样的乌青[14]。可是，当家人[15]是地位上很高的嘛，大家聚集拢来，说阿舌姐这是你不好，怎么对当家的顶撞起来，那哪里成呢。真是太不知道事体了。无论如何要谢罪才行，照了他们的意思，承认了错，这才好容易结束了。"

阿鸢："啊呀，那真是想不到的事情。我倒一点儿都不知道。如果知道了，我一定要去劝的。"

阿舌："那是所谓灯台底下暗呀，所谓锅儿当盆自家乐呀，[16]在家里尽管吃了亏，也没有法子呀。阿咧老是强讨硬要，昨天刚给买了一张三弦，这也给踏坏了，拨子不知跑到什么地方去了。打一回架，得不到什么好处。像你那里的肝右卫门什么的人，性情很好，所以安静得很呀。同我们家的那个的品格，真有云泥万里之差哩。"

阿鸢："什么，也并不是那么样啊。看去那个样子，可是也麻烦得很呢！"

阿舌："那是，什么一点儿小事情总是有的啊。我们家里是，一点不对，立刻就打过巴掌来了。总之是，心地[17]不同的嘛。当家人的事情，我不想多说坏话，可是也不成呀。好像是大津绘里的寿星那样，[18]头顶像要顶着天似的，露出了牙齿，瞪着眼睛看人嘛！"

阿鸢："哎呀，哎呀，你说这么罪过[19]的话！你说出这样的话来，那是你不好呀。"

阿舌："什么，没有关系。他说我是个老狸子[20]，他自己倒是狼呀！一百文买的马，像指南针的针似的，[21]横着躺在那里，一年到头也不把竖着的东西放倒。[22]对他说用点气力去干工作吧，便说你别管，果报[23]是睡着等的哩！说着这些话，什么毫不在乎，不管你怎么说，一点都不理会。[24]真是，真是，那样薄情的人，就是穿了铁的鞋去寻，也是没有的。”

阿泥：“别这么说吧。到我们家里来的时候，是很会得应酬的。因为如此，所以在各方面都受欢迎的嘛。——啊，冷得很，再去热一下子吧。”

阿舌：“什么呀，家里强，外边弱的，没有办法的，暗地里的李逵嘛！[25]——啊，我也进去泡一下吧，哎呀，哎呀，阿泥姐，你还浸在里边么？怕不要中了热气么！喂，擦洗得差不多好了。泥垢也是身上之物嘛！[26]明天的一份还是留着好吧。”

阿泥：“好了！讨人嫌的！”

阿舌：“讨人嫌！讨人嫌那倒多谢了。要是这样讨了人的喜欢去试试吧，那就要命根子都完了。——嗳，对不起啊！”跨进浴池里去。

在旁边的女人：“喂，请安静一点子用水吧。水溅过来了。”

阿舌：“嗳，因为这样，所以才说对不起的嘛！这是众人中间呀！一点点的水是免不了要溅的，这是在使用汤水嘛。溅了如果不行，那么退得远一点儿就好了。若是使用着火呢，火这物事溅了，或者要有烫伤的痕，这反正只是热汤罢咧。但是汤溅了如果太热，那么再给溅点冷水，弄凉一点怎么样呢？嗳，又要溅了！溅着了的话，对不起！”乱七八糟的扰动，旁边的女人也出乎意外，只好去到浴池的角落那里蹲着。

阿舌："好大模大样的！这又不是你独自包下来的浴池，连左邻右舍的交际都不知道的，真是大傻瓜。若是打扫尘土，或者要说一声，要弄下一些垃圾来，每使用汤一下，便说一声嗳，水要溅了，这能行么？——喂，阿贫姐，哎呀，已经上来了么？阿泥姐，也出来么？啊，阿鸢姐，——这家伙也不在这里。大家背过了我，都出去了。——啊，男堂那边闹得出奇呀！真是莫名其妙的爷们啊。黄色的声音，白色的声音，[27]倒把浴池里弄成了五色了。花了十二文学习来的，什么雪关扉呀，什么款冬心呀的，[28]用了颤抖的声音，使得澡堂都要颤动了。是不好弄的病人呀！今天像是发作[29]的日子哩。"一个人独自说着话，走出了石榴口[30]。

一〇｜小孩吵架引起大人们的吵架，婆婆和从公馆里出来的媳妇

打开了澡堂的格子门，哇哇的哭着进来的，是那个女儿阿咧："妈妈，阿鬓姐和阿髻姐打我啦！"（拉长说。）

阿舌："什么呀，这个小鬼头！又是吼叫着，滚了来么？一眼也不要看！哪哪，哪个家伙打了？阿鬓那小鬼么？什么，同了阿髻两个人？那些小鬼们是，真会欺侮人！有什么机会，就把人家弄哭了回来。你这东西也正是恰好！怎么会得给她们弄哭了的呢？一点都没有用的。为什么不尽量把对方的脸孔抓破了的呀？而且还是，

给人家听了多么难听，哭着滚到澡堂里来！——好吧，好吧！你等着，现在我带了你去，叫那些爹娘坏东西给我们道歉。总之那些爹娘坏东西也是不通人情世故呀！只是爱惜自己的小鬼，人家的小孩们就是死了也不相干。在市房一带拖着铁棒，[31]说人家的坏话，也没有什么体面吧。把这些事情且来搁在架子上，[32]还是去管管自己的小鬼们好啦。你又太是高兴了闹着玩，这个鸦头坏种！”

阿咧："没有，我是，老老实实的，在那里玩耍着的，她们突然拼命的来欺侮我，说什么衣服脏啦，穷人啦，说着种种的话，那个，而且后来——”

阿舌："什么？说穷人？这你们管不着！那些家伙的家里，能有多少的财产？又并没有问他们去讨了衣服来穿呀！这种事情，不是小孩子能说的话，总是那爹娘坏东西平常那么在放屁的缘故嘛！要得尽量的，闹他们一下子才好。”

正这么说着，那弄哭了阿咧的小孩们的祖母，碰巧也来在那里，从浴池里出了来，在后边一直都完全听得清楚。

祖母："什么呀，这位大娘？什么爹娘坏东西，爹娘坏东西的，老在骂人！不说说那边女孩的淘气事情，只是倒翻过来，说人家孩子的不好。虽然是夸口，说到我们家的孙子是，近地有名的老实人，怎么会得把人家的孩子弄哭了。还有说市房一带拖铁棒，那是什么话呀？我们家的媳妇是，并不是那么样多嘴的人。人家的什么风说，一点儿都不说的。嗳，所以我是看得起她的。大家都听着哩，这么样的乱说，真是太岂有此理了！那边的小孩倒常常把我们的孙儿弄哭了回来的哩。要是可以闹过去，这边倒真是要闹它一下子呢！”

阿舌：“喂，喂，好不吵闹！安静一点好不好！到了好大的年纪，还要来出头嘛。喂，我的孩子是坏鸦头呢，还是你的孙儿是坏种，大家是都明白的。什么衣服脏啦，什么家里穷啦，这都不是从小鬼嘴里说得出来的话。因为你们在说给她们听过，所以才说的嘛。一颗尘土，一只筷子，都没有受过什么帮助。嗳，就是怎么穷着，也不倚靠你们这些人来帮忙！”

旁边的各人，甲：“喂，你们是怎么啦？小孩们吵架，爹娘也出头来，这就是说作比喻，也是笑话呀！”

乙：“喂，阿舌姐！你算了吧。”

阿舌：“好的！你别管吧！说穷人什么的！”

祖母：“咦，说呢，没说呢，单凭小孩的话，怎么做得证据呢？”

旁边的人，丙：“老太太，你也，这很危险呀！喂，请你上去了吧。要是上了火，那是有害的。”扶住了她，上来到衣柜的旁边去。

阿舌用带着哭声的尖锐声音说话：“什么呀，老人末就像老人似的躲在家里好了嘛，要同年轻人一样的吵闹，正是活该。像是柿漆纸上染着兼房小纹[33]似的脸上，光是把嘴挪动着，咬得了人么？”

丁：“喂，那个孩子要哭出来了！你安静一点吧！”尖着嘴说道：“回头再说也来得及嘛。”好容易把阿舌劝住了。

阿舌瞪眼怒视着小孩：“真是会哭的小鬼！喂，你看！连母亲都使动了肝火，那么的闹起来，是为的什么呀？这都是从你起的事情嘛！”穿好了衣服：“咄，在前头滚吧！”一面骂着小孩，走了出去。老太婆也自回去，这之后寂静下来了。

丁："可怕的大娘呀！真是的，真是的，可怕得很！"

戊："可不是么。认真去管小孩打架的事情，那本来是不对的。一切都非把自己的孩子说得对不可哩。"

己："是呀。我们家的是，如果哭了来，就先骂他一顿。要听小孩子告状的话，那是再也没有限量的。不管是非曲直，先骂自己的孩子，那是最好的事情。或者偶然人家的孩子跑来告状，就得责罚自己的孩子，使得知道以后警戒才好。说那是可恶的家伙，请你饶恕他吧！回头回家里来的时候，叫他吃罚。这样说了，那边的小孩也就满意了。——不呀，在小孩里边，爱去告状的也尽有啊。"

庚："那也是一种毛病[34]。各个小孩都有各人的顽皮，谁都不会得好。在这中间，少爷们[35]单是顽皮罢了，女孩子尤其是脾气坏。"

辛："那也不能这么说。姑娘们大抵老老实实的，男孩就过于会闹了。总之是，非得严紧一点不可。呵呵呵！"

壬："真是这样。看现在的样子，在小孩的面前，什么话都不好随便说的。呵呵呵！"

癸："要是使人家的孩子受了什么伤，那是对不起的事情，倒还是输了回来的好呀。"

子："对啦，孱头的孩子没有麻烦，倒是好的。"

大家说着的时候，一个二十四五岁，像是媳妇的女人，搀扶着七十多岁的瞎眼的老太婆，剃光了头[36]像是婆婆模样的人的手，从石榴口护送出来。用一只手扶着后背，显得小心害怕的样子。

媳妇："啊，危险啊，请你慢慢的来吧。"

婆婆："嗳，嗳。"在留桶旁边坐下。

媳妇将留桶的汤搅了一下，试试温度："请您略为等一会儿。这汤是于您恐怕太热一点了。——弥寿么，请你这里稍稍加点水吧！"

使女弥寿："嗳，嗳！"舀了水来，倒在留桶里。

媳妇："还等一忽儿。"把水搅和了之后："请用吧，冷热刚好。请你把这浇在身上，随后上去吧。"

婆婆："嗳，嗳。就这么上去了。今天是你给我很好的擦背，所以很舒服。我上去了，你还是多洗洗好吧。"

媳妇："不，我也就好了。"

婆婆："好了么？不好好的热透了，后来是要冷的啊。为了照应我去伤了风，那是不行的呀！好了么？"

媳妇："嗳，好了。——弥寿么！"——照平常的说话，应该叫弥寿呀，但是这媳妇还没有丢掉公馆里的话，[37]所以底下加一个么字，叫作弥寿么。

使女弥寿也是这媳妇在公馆当差时代的使用人，称作房里人[38]的，在她出嫁的时节，也跟了过来，所以不叫主人的名字，叫的时候只叫作"您"就是了。

媳妇："弥寿么。"

弥寿："嗳！"

媳妇："你呀，留在后边，慢慢的洗了再出来吧。我陪了回去，就行了。"

弥寿："嗳，嗳。"向着衣柜的方面："小胜呀，[39]上来了呀。"

看管着衣服的徒弟："嗳。"把看着的合卷小说塞到怀里[40]去，——"嗳，嗳，请这边来。"拉着瞎眼老太婆的手。

媳妇同样的拉着手，扶着背脊："有点危险呀。"

弥寿："您呀！"听不见。

弥寿："您呀！"

媳妇："嗳。"

弥寿："您的浴衣——"从后边给她整理好了。——"老太太[41]，慢慢的回去！"

婆婆："嗳，嗳。你好好的热透了来吧。"

弥寿："嗳，嗳！[42]——您，慢慢的！"也对着媳妇打招呼，自己留下了。

徒弟："啊，有点儿危险。——奶奶[43]，米糠袋呢？"

媳妇："那个，弥寿回头会洗了拿回来的，不要管吧。——喂，若是着了冷那就不行了。赶快给老太太穿上了衣服吧。"给她穿了衣服，拉着手出去了。徒弟在后面，挟着旧浴衣，跟着走去。

一一 | 选择女婿的事情，戏曲里的人物评

留下在后边的使女弥寿："奶奶，我给你擦背吧。"

大娘[44]："嗳，多谢！哎呀，弥寿姐，今天早呀！"

弥寿："嗳，我陪着上边来的，所以今天早一点。在收拾过了宵夜[45]再来，心里老是着急，不能够安心的来洗澡。"

大娘："正是呀。你那边人口多，所以事情也很不少吧。你那边的老太太眼睛不方便，可是讨了一个很好的[46]媳妇，那也是福气啊。俗语说，钟也看钟槌子撞得怎样，无论怎么好的人，如果媳妇不好的话，也还是好好的合不来的。孝顺公婆，相貌又好，和人家往来也毫无问题，无论什么方面都是完好的人。真是叫人羡慕的事呀。"

弥寿："嗳。我来称赞我的主人[47]或者有点不大合适，你知道，她真是性情特别很好的人。在公馆里住着的那个时间，她在下房中间都有名，是个大好人嘛。我的性子是有点粗卤疏忽的，可是一直并没有说过我一言半句。我为此十分感激，心想至少侍候她到结婚为止，可是终于继续下来，做工直到现在，此后只希望她有了子女，我等到那时再去出嫁到什么地方去吧。"

大娘："你这是很好的居心。真是的，你现在也应该打算出嫁了。"

弥寿："是呀。好的是像我这样的人，这边那边也有人好意给我说亲，我想还不算很晚，且来慢慢的看，再决定什么地方吧。可感谢的事是，主人方面给我预备东西，叫我选择相当的地方，侍奉婆婆的事我也会干，只希望有什么乡间出来的人，没有现代习气的，规矩的男人那里，是愿意去的。"

大娘："就是那件事嘛。现在是，小白脸不如干活汉。这样办是顶靠得住的。"

弥寿："俗语说，秘密不说出，事情讲不清。我的姊姊是，你知道，她希望男的相貌，所以嫁了一个有点漂亮的男人。可是，你知道，那个人呀，总之水性杨花没有停止，为此非常辛苦。而且，我想，要是去逛[48]那倒还好了，乃是一个馋嘴的人，专是对近地的闺女们什么，胡乱的搞，名誉也很不好呀。”

大娘："是呀，这是顶大的毛病嘛，逛窑子大概有个限度，所以还好，如果搞家里人，收买破烂，[49]那是坏东西，很不行的呀。我也是非常的嫌恶的。总之是，不像一个男子汉嘛！若是男子汉的话，花了钱做的买卖，倒也行啊！[50]无论在哪里，这样的人可是不少哩！”她设身处地的这么回答。

弥寿："正是这样。看了这种情形，所以我是，不管是怎样男人，只要诚实，规矩老实的人就好。”

大娘："你这样办吧！千万不要讨漂亮的男人。觉得是漂亮的男人，也只是当时罢了。等到日子过得多了看！每天都没有好脸，两方面也都不愉快呀。而且愈是漂亮的男人，也就愈是水性杨花，容易厌倦。这是当然的事情嘛。各方面都抢着拉，自负太过，品行就变坏了。总之，漂亮的男人是，旁边的人也不让他有好品行呀。我自己也是女人中间的一个，实在女人这东西，对于男人是很不好的。你看戏文里做出来的《忠臣藏》[51]吧。原因是怎么起来的呢？就只为的师直看上了颜世夫人，这才闹起事来，[52]成了那么的大事件。小浪也只因看中了力弥，亏得父亲本藏肯舍命帮助，这才能够成了夫妇。[53]俗语说得好，这就说爹妈胡涂[54]嘛。还有，请看那个勘平吧！跟了主人一起来，只因和使女阿轻搞恋爱，在那大事件中间落了空，这也正是恋爱的缘故啊。[55]伴内[56]也是看中了阿轻，总而言之，闹事的原因都是女人嘛。现在赏识戏子的人也有点别扭了，比起生旦脚色[57]来，还是大面和副净受到欢迎。妓女也撇了小白脸，看重丑男人，可见人们也渐渐的搞出新花样来了。这样看来，勘平是个不中用的男人呀！如果我是阿轻的话，倒是挑了伴内好些。你说为什么呢？主人的大事件脱了空，十分狼狈，想要切腹，[58]被阿轻止住了，切腹也不成功。借了女人的智慧，还是一点都不难为情的住在阿轻的家乡里。这倒也就算了，把主人赏给的，染出定纹[59]的衣服当作小袄，穿在野兽臭味的身上，出去打野猪和猴子。而且那张惶的定九郎[60]抓住了他的脚之后，那么的惊慌，这又是什么呀！是野猪呢，还是人呢，大概也可以知道的。打猎的人把火绳熄灭了，那也是过不了日子的啊！在早已经死了的时候，还要寻找有没有什么药，用枪打死了的东西，药什么哪里还有什么用呢。想想也就知道了。说什么抓来看时乃是腰包，天的赏赐顶礼领受，[61]天老爷会得教人，去杀了人取什么东西的么？况且那野猪早已走进后台，正吃着饭的时候了，还说比野猪先来快跑，人的脚无论怎么快跑，还能够追得上野猪么？真是荒唐得很。说到切腹，也是这样的嘛。总之是慌张狼狈，所以不行呀。先要安静下来，查看一下与一兵卫的死尸，是枪打的呢，还是刀刺的，这可以知道，再来说明昨天夜里的事情，那么这样这样，说当时就报了岳父的仇，打死了定九郎，这不但要受到人家的称赞，而且那很痛的肚皮不切也就完了。那真是太傻的汉子啊。阿轻呢，也正是阿轻，一点都没有能耐。对那么不中用的男人表示爱情，[62]去被卖作妓女，那是可以不必呀。顶可怜的倒是那老太太了。说什么条纹腰包里的纹银，四十九天的五十两，合起一百两是一百天，[63]在急忙得要命的时候说了漂亮话，就回去了，拿那五十两银子，也吃不到一世啊。与一兵卫是死了，勘平也切了腹。平右卫门虽是参与了报仇回去，也是永久的做浪人嘛。[64]阿轻后来做了尼姑，[65]要养活三口人，四十九天的五十两什么，总之是没有法子去过日子的呀。”

弥寿：“正是这样，阿轻也会得赎身出来吧，满期的话，那么欠债很多，几乎光着身子出来，也是很为难的吧。”[66]

大娘：“是呀。而且这是急事[67]嘛，但是由良之助是很能干的，一定是暗地里给些帮助吧。”

弥寿：“还有阿轻做了妓女，名字也并不改，[68]还是叫作阿轻哩。”

大娘：“可是到做了尼姑之后，大概改了名吧。”

弥寿：“对啦。照你这么说来，勘平真是一点没有能耐的男人啊。”

大娘：“伴内还要好一点儿吧。要是我呢，两个中间是挑选伴内的。这人虽然是坏，可是一个容貌凛然[69]的好男子。第一，是个忠臣嘛！[70]担心主人的事情，当了狗，混进一力[71]里边去。在第三段里，向若狭之助讨好，袒护主人。毫不松懈的认真当差，末后为了主人的缘故，终于战死，死在第十一段戏里。同勘平去比较，是大忠臣呀。”

弥寿：“是呀。你倒真是记得很清楚啊。”

大娘：“是呀。——因此什么都是为了女人。那个，什么琴拷[72]那戏文里边，岩永是守住他正当的职守，追问景清的行踪，重忠却是办事不彻，不认真去干。什么琴呀，三弦胡琴呀，干那么温和的事情，那么做去这事怎么得成呢？岩永所说的话都是对的，这就因为岩永不曾迷恋着女人，所以是正直的，重忠却是给阿古屋迷得发了昏，你看那听琴的脸相吧。好像真是口水都要挂下三尺来的样子哩！什么事情，女人都是有害的。”

弥寿："嗳，正是呀，呵呵呵！"

大娘："因为如此，你嫁了丈夫也切不可大意呀！男人这东西是很有点可恶的，都是那么样子。"

弥寿："是么，阿哈哈哈！可是，我们家的主人，[73]我来说他是美男子，似乎不大合适，但是品行端正，和他的相貌好很不相称。有什么大小聚会，他总是头一个回来，出去送丧什么也并不顺道去玩，总是一直的回到家里，今天花了茶钱十二文，庙里布施七文，这么计算一下，零用只有三十二文，就济事了。店里的人都说是生姜[74]，生姜，——生姜是什么呢？大概是说诚实吧。可是，在朋友交际上不大圆通，老主人时常给他教训。说还该像年青人一点，游览看山，也应出去才是。说那么老是不爱外出，也是不对的嘛。"

大娘："听了真叫人羡慕哩。我们家的是喜欢外出，没有什么工夫坐下在家里。我要说一点劝告似的话，他就觉得烦厌，说什么不吃过奈何街的汤豆腐，[75]是不能懂得世故的啦，说人家摆下饭来这边道谢，[76]是失礼的啦，说些任意的话走了出去。那些清客呀，从神呀，[77]这些东西最是可恶。主儿心想规规矩矩的过日子，在澡堂子往来的路上，在理发馆的近旁彷徨着，劝他出去逛。最初是上饭馆，随后进一步，便是船呀轿呀的来了。[78]真是的，真是想把你家的主人煎了，给喝一口也好。[79]——呀，谈得长久了，连身子干了也都忘了呀。"拿起留桶来，浇在身上。

弥寿："我给你去舀来吧。"舀了小桶三桶水，倒在留桶里边。

大娘："这很对不起。我就领受了。——哩，进池里去吧。"

弥寿："嗳，嗳。喂，你请先吧。"进到浴池里。

一二｜大娘和老太婆关于病人的对话

好像在合掌礼拜似的洗着手指尖头的大娘，和回过头来用浮石洗着脚后跟的老太婆，正说着话。这老太婆有一个口头语，老说“的呀，的呀”，又专喜欢诉说辛苦。

老太婆：“大娘，怎么样？你们家里的人都康健么？”

大娘：“是的。俗语说，有抛撇的神，也有帮忙的神。[80]家里的死了之后，也还是这么那么的，至今在吃着饭哩。”

老太婆：“那是很福气的。请你听吧，我们家里的呀，老头儿噔的躺倒了，简直是十死一生。起初像是现今流行的那风瘫病的样子，近来的呀，你知道，慢慢连独自坐立都不成了，所以拉矢撒溺都要用马子了。[81]哎呀哎呀，身子都要磨得成粉啦！”

大娘：“啊呀啊呀，那可真正是了不得的大病了呀。”

老太婆：“因此他更是加倍任性，麻烦的要不得。”

这个大娘有一种毛病，喜欢在无聊的地方加上比喻的俗谚：“那么是，你知道，这说是哭的孩子和地藏，[82]是拗他不过的，所以你就任凭病人怎么说，照着他做吧。说是一寸延长，也就是延长八尺，[83]耐过了寒天[84]可以好起来吧。人家说生产比起担心还容易，[85]想不到的快快医好，也会有的。一寸前头就是阴暗嘛。[86]这病也就不会得那么定了的。蚂蚁的想头也通到天上，只要专心的看病，不见得就没有好阳光来的日子了。总之，请你信仰神佛吧。说是鳑鲏的头也因了虔心，[87]会有灵验。请你听着吧，这样的事情也是有的。我们的头儿进出的那人家的主的事呀。正如俗语三岁孩子的心魂直到一百，[88]从小时候起，任性任意的长大的，到得大了起来，还是瞎蛇什么都不怕嘛。[89]你想，财产什么都不管的那么花用，说是地狱也听银子使唤，[90]听人家的奉承觉得有趣，终于把大家私都用得精光，成了百贯的抵当只是一顶箬帽了。[91]而且在这上边，又生了坏毛病，真是二进三进[92]都是不行啦。俗语说的好，兄弟是路人的起头，虽然是有着好些兄弟们，都是马耳朵上的风，全然音信不通。那么什么办法都没有，宝贝只是身边的物事，剩下来的工具一切全都卖了吃药，卖了吃药，可是前后三年的长病嘛，你知道那是没有法子可想了。说是抛弃儿女的树林子虽是有，抛弃自身的树林子可是没有，只有一个女孩子送给了别人，剩下了夫妇两口子。那媳妇儿虽然也很爱惜吧，可是到底比起背着的小孩来还是抱着的家主公要紧。[93]背脊是换不了肚皮的，[94]只好把小孩给了人，自己干那没有做惯的佣工。从前是一出门都坐轿子，跟随的人带上五六个，现在却是拿着马尾罗[95]去买豆腐，早晚的看病到管吃食，裁缝的余暇还干佣工的事[96]。这不是稀松平常的事情呀！又是凭了那媳妇儿的诚心，每天早晨去叩拜浅草的观音菩萨，[97]一年间精进洁斋，这样办了——那是可怕的[98]事情啊！那么样的大病渐渐的好起来了，近来是完全复了原。所以凡事专心的干去是很有力量的。你那边也去虔心信仰，看病着看吧。虽然说是尊贵的寺是从山门起，[90]可是只有医生却不是可以貌相的。住在后街的穷大夫中间，也会有很高明的人。把药纸放在袖底里，自己带了药来，[100]这第一是省事，在穷人也是有利的嘛。去取药要花费半天工夫，在人手少的人家真是为难极了。”

老太婆：“是呀，大夫现在是第九个了。这回的医生是，那个，豕右卫门[101]呀，那个人得了风瘫，一个时期老是拖着，后来治好了，说是很高明，所以请了来看。只有头一次，坐了轿子来了，以后是每隔一天，派副手[102]来看罢了。”

大娘：“啊，在大夫那方面，副手也就算了吧，可是在外行的看去，那是不能够放心呀。”

老太婆：“正是呀，全信托着大夫本人嘛。还有的呀，此外又加上妹子阿糠生病，从公馆下来了。儿子呢又是儿子，发了便毒，哼哼的躺在那里。近时不凑巧生意也是清淡的呀，零用也发生困难，说不上多少，也就是当呀典呀对付着过日子。而且这上边的呀，阿姊的阿糟[103]又是在那夫家说出来呀回来呀的有了纠纷，家里弄得个乱七八糟。年纪老了耳朵里听不到好事情，真是的，真是的，活得久了出丑也多，[104]大娘，这的确说得不差的呀！对了阿糟，我是这么说的。嫁了自己所喜欢的男人，所以此后要当心不可再有什么麻烦，只要能够这样就由你去搞好了。不要爹娘给她嫁的那个男人，这是自己弄好的家主公，照道理讲不应该再有什么事情了。总之是自己醒悟得太迟了嘛。大娘，这是准没有错的呀。”

大娘：“是啊，那孩子是搞的很不好。说是女人聪明了牛怎么样，[105]女人伶俐是没有好处的。”

老太婆："总之是由于情的可怕，所以有这些事情的呀。真是的，为什么这样辛苦着的呢，想起来全都是为了儿女的缘故嘛。世间的爹娘有了儿女，能够享福，我这里正是个大反对呀。这边也不想要享福，只是想这些辛苦减少一点罢了，此外别无什么愿望。前几天寺里的师父来说要建立大般若经，[107]请随意捐助。我们因为平常对于寺里的募化不大出，所以也想多捐些子，可是不能如意。而且，你知道，从乡下来了吃闲饭的人。逐日捐出[108]的钱，每天金毗罗老爷啦，成田老爷啦，江之岛啦，大山啦，鹿岛会啦，汤花会啦，[109]这个那个的，总要一贯二三百的支出哩。这不是一件轻松容易的事情呀。要怎么样才得舒服一点呢的呀，大娘？嗳，南无阿弥陀佛！"

一三 | 使女们的对话

这之后，有一个肥胖的使女从石榴口出来，地板上滑了一下，仰天的跌倒了。

甲："危险呀！喂，跌得很痛吧？"

同伴的使女乙："咦，危险！开帐了，[110]南无阿弥陀佛！"

使女："不是说漂亮话的时候呀。啊，好痛！"说着话满脸通红的，爬了起来，立即抓住了一个小桶。

乙："啊呀啊呀，就是跌倒也不白起来，[111]这可不就是说你么？"

使女："是呀！这是与众不同的嘛！"输了也不服气的说着，走到舀热水的那边去。舀热水的男人却是慢慢的在舀那热汤。

使女："你快点儿舀吧！日子短得很呀。你道是几时了，已经是十月中间的十天了嘛！"

舀热水的："什么呀，这么的不漂亮。来到澡堂里，滑跌了的这种古风的事情，哪里会有呀！这不是大姑娘时代[112]的事情哩！"这个舀热水的倒是很难得的，[113]是个江户子式的漂亮的汉子。

使女："好的嘛！你别管。还是抽空拿点细沙来，擦擦这地板好吧。好懒惰的！"

舀热水的："喳，知道了，奉命！"

使女："什么呀，那么老盘了脚坐着！"

舀热水的："那么，如今盘了脚坐了。我盘了脚坐着，你却是躺倒了！"

使女："好吵闹！"

舀热水的："可是，那倒是很好的声音哩。噔的一下地都震了，是特别的好。因此我在打盹儿也醒过来了。明天在我要渴睡的时节，务必也来一下子。咦，那正是，说的什么澡堂跌倒渴睡醒嘛。"[114]

使女："嗳，别老说闲话，快点舀好不好。真叫人发急。"拿着小桶走了。——"阿圆姐，梳了头了么？好得很！是你自己梳的么？"

阿圆："嗯，不是的。是老板娘梳的。"

使女："所以嘛！相貌格外漂亮了！"

阿圆："这个那个的，哼，真有的说呀。"

使女："可不是么。"

阿圆："喂，你们家的老板娘可不是梳子[115]也很高妙么？"

使女："什么呀，说些漂亮话儿。什么梳子呀，该死呀，这种上流话真不成样子。老老实实的说头发吧！我是交关的听了讨厌。因为是在人家做事，说什么老爷佛爷，什么正是然则，[116]也是没法，过着穷日子的人是用不着的呀。至少在来洗澡的时候，可以使用平常的话语，要不然真是受不了啊。"

阿圆："那么，你这家伙那里的家主婆儿，挽起头发来的事情是很高妙吧？"

使女："喂，高妙是高妙，又怎么呢？你那里的主人仔刚才滚到我们家来，同了我们的头领仔正在灌黄汤哩。一时不见得就会了事，所以交付给家主婆儿去，我独自跑到澡堂里去，不知道什么时候你也已经滚来了。你滚转那边去，我给你擦背脊，随后再给擦我的背脊吧。你又是要给我很痛的擦吧？——啊，气都回不过来了！咦，真累得很！"[117]

阿圆："你等着吧，你无论怎么说擦，可是我的擦澡布[118]掉了，所以拿你的擦澡布给擦吧。汤热就对上些凉水去。小心你不要再滑倒了，慢慢的擦去吧！——啊，气都回不过了！啊，真累了！"

使女："这样子，岂不像是在吵架么？啊，现在觉得清爽了。在家里那么的，尽是您这样，您那样的[119]一套，真是叫人难受。实在实在讨厌透了。"

阿圆："可不是么。喂，阿方姐，[120]你的钗子已经接好了么？"

使女："嗯，还不呢。喂，刚才你挨了骂，是为什么呢？"

阿圆："板上贴浆洗的东西，说把大襟贴歪了，就为的这事。

在拆衣服的时候，把肩头撕破了，还有用熨斗烫得发了亮光，这两件事情也总是顺便都要数说的。”

使女：“我们的家里是，打破了南京海碗[121]的事情，每回数说的时候是要带着说起的。真是听了烦腻得很。老是那么想不开。数说些废话，反正打破了的海碗并不会得复原了。我们那里的恶婆，真是唠叨数说的本家老祖宗[122]吧。——前几时三马做的叫作《早变胸机关》[123]，好玩的绣像书出来了。在那里边学婆婆媳妇的说话，正是那个老婆子的样子。而且，你们和我们的事情，也都写着在那里呢。好像什么事那里都有哩！说是今年里顶好的好玩的书，店里的人大众都买了一本，各自拿着。你去借来看看吧。好玩的不得了。”

阿圆：“唔，那个么，看过了，看过了。挨骂的小徒弟立即变成了伙计，媳妇变成了婆婆，而且又是丰国的画，那画真是画得很好。看着的时候就要笑出来。而且价钱又便宜，新年送人倒是正好，所以我们那里也买了好许多。”

使女：“说着这样的事情，又要被写到绣像书里去，不如早点停止吧。——喂，阿圆姐，你不进去么？”

阿圆：“唔，进去吧。”跟着进到浴池里去了。

在这里口头告白一声：媳妇诽谤婆婆，婆婆虐待媳妇，使女诽谤主人，这些事情在叫作《早变胸机关》那小册子里记得很详细，所以在这书里就省略了。还有些希罕的媳妇婆婆的说白，将来收在三编里请赐观看。[124]

一四 | 乳母和看小孩的争论

肃静，肃静！[125]三十四五岁的乳母把一个四岁左右的梳着唐儿髻[126]的女孩放在留桶里边，一面哄着她，给她剃顶搭[127]。旁边是一个年纪十三四岁的看小孩的女儿。

看小孩的："奶妈，这之后，也给我的后襟剃一下吧。"

乳母："哼，哪里来的话！[128]要剃后襟和脸孔，还不如先去把鬓角上的那秃疤瘌治好了吧！这额角活像是拗掉了嘴的广岛汤罐[129]嘛。说起头发，又黄又卷，像是同油豆腐一起煮过了的样子。还是别搞那些臭美吧。"

看小孩的："喂，奶妈，你不剃末，就不剃完了。怎么那样的盘货[130]，也用不着呀！我的头如果是海带煮油豆腐的话，那么你的满积着肤皮[131]的头正是鹿角菜拌麻豆腐[132]哩！的确，你这位太太是美得很！"噘出嘴唇来说着。

乳母："是有点儿不一样嘛！"

看小孩的："所以同普通人是有点儿不一样的嘛！鼻子仰天，在说楼上有些布焦臭哩。牙齿是暴牙，想要去窥看板廊[133]底下。嘴巴老是张着，就是拖着铁棒，耳朵也总是远哩远哩的。"[134]

乳母："这个鸦头，你好好的记住了！"

看小孩的："我不记住怎么办？那么，你为什么说我的坏话的呢？"

乳母："因为是坏，所以说的是老实话嘛。"

看小孩的："我也是这样的呀！"

乳母："还不服么？你这嘴强的家伙！"

看小孩的："如果我是嘴强，那么你是屁股强喽。"

乳母："什么，这个虱子精！"

看小孩的："这个狐臭精！"

乳母："我什么时候有狐臭？"

看小孩的："我也什么时候长虱子了？"

乳母："你没有搽锅屋药么，[135]烂眼的家伙？"

看小孩的："不是在搽茄子药么，猢狲眼儿？"[136]

乳母："什么，这个脏鸦头！"

看小孩的："哼，爱打扮的奶妈子，不成东西！"

乳母："又想哭了吧，阿姑？那么样的坏家伙，你别理她好了。阿姑，你静静的，是剃着头哩。"

看小孩的学样说话："阿姑，你静静的！看那副样子！——是剃着头哩！"

乳母："吵得好讨厌！误人家的事哩。要是理你，人家就要动起肝气来。真厌烦得很！"

看小孩的："你的肝气会得要犯上三年。——阿姑，阿姑，你别静静的坐着。摇头摇头，摇动你的脑瓜吧！这么的做，让你的脑瓜剃得交关痛，奶妈就大大的倒霉了。嗳，爽快得快！你还要摇头动得更快些。”

乳母：“不行呀！脑瓜那么摇动，头就剃不好了。好好的剃了，成了一个好姐儿，去让妈妈称赞去吧。喂，后边还有那么的一剃刀，哦呀，成了好孩子了呀！”

看小孩的：“哦呀，成了一个脏孩子了！”

乳母：“吵得好讨厌！这不是成了那么好的孩子了么？喂，阿姑，大概今天要带了上神道老爷[137]那里去吧。”

女孩：“阿奶，痛！完了算吧。”

乳母：“嗳，嗳！只有一丁点儿了。哦，哦，这个，这个。毛虫来聚在一块儿，现在奶奶正在剃掉毛虫哩。咦，啊呀啊呀，真是可恶的毛虫呀！喂，喂，脏得很！嗳，腌脏腌脏！啊，啊，还有些毛虫——”

看小孩的：“阿姑，那是诳话呀！那并不毛虫。你说，不成不成吧！”[138]

乳母：“你又来多嘴么？——那么老实的让剃着头嘛，阿姑，回头拿什么当奖赏，舔娃娃呢，还是一律四文的娃娃好呢？”[139]

女孩：“嗯，要番太[140]的。”

看小孩的：“番太的炭结[141]么？”

女孩：“嗳。”

乳母：“阿姑是老实，所以说了嗳。什么，这哪里会是炭结呢。是在番太那里看过的骑在达摩肩上的小孩儿吧？[142]当然要买给你的。咦，现在是剃第二遍了，轻轻的只摸一下就好啦。”

女孩：“嘎哩嘎哩的要痛呀！”

乳母："哪里会，阿奶给剃是不痛的。喂，好了好了！哎，干净得很，成了好孩子了！"

看小孩的："腌脏得很，成了脏孩子了。阿姑是个脏孩子吧？"

女孩："嗯，好孩子，不是脏孩子。宝宝是好孩子，愚太官[143]是脏孩子，阿奶，是不是？"

乳母："是呀，是呀！"

看小孩的："不，愚太官是好孩子，阿姑是脏孩子！"

女孩："唔，不是这么样！"

乳母："又来找麻烦了！真是，真是一刻工夫都不肯不说话的。回家去给告诉太太吧。怎么办，你记住了吧！"

看小孩的："哼，什么事都没有。那边如果是阿姑的奶妈，这边是看愚太郎阿官的人呀！不是不重要的嘛。是看管传宗接代的小主人的呀。哎，若是在《先代萩》里边，那正是政冈[144]的地位嘛。做起戏来，那是半四郎[145]脚色哩。这是有一点儿不一样的呀！"

乳母："啊，吵闹得很！请来吧，正像是讨饭婆子来了的样子！[146]愚太官虽然是男孩，可是次男，[147]所以是不中用的。阿姑是老大，所以该是嗣子，对不对，阿姑？将来不久，就会有好姑爷到来的。愚太官是脏孩子，所以走出到别处去。"

女孩："宝宝是好孩子。"

乳母："嗳，嗳，自然是好孩子！"

看小孩的："不，不！——可是，在前几天里，老爷同太太在讲话，说把愚太定为嗣子吧。"

乳母："什么，哪里会定为嗣子？这个阿姑虽然是女孩，但总是老大，所以不会送到别人家去的。有了那么的讲话也总是不行，我要反对到底不答应的。”

看小孩的：“无论你怎么的挣扎，咬得动么？[148]又并不是你的儿女。”

乳母：“是我所喂养大的，所以和我的儿女是一样的。”

看小孩的：“无论怎么样，嗣子是我们的愚太官了。”

乳母：“嗯，不是，那是我们的阿姑！”

看小孩的：“是愚太官！”

乳母：“是阿姑！”

看小孩的：“是愚太官，愚太官，愚太官，愚太官，愚太官！愚太官，愚太官，愚太官，愚太官！”

乳母：“是阿姑，阿姑，阿姑，阿姑，阿姑！阿姑，阿姑，阿姑，阿姑，阿姑！”

看小孩的：“可恶的奶妈！打她几下吧！这么，这么，这么，这么！”装作打的样子。

女孩：“打阿奶不行！”拉长了声音。

乳母：“你看吧，终于弄哭了！——哦，哦，请你饶恕了吧，饶恕了吧。那真是可恶的家伙呀？”给小孩吃奶，把她哄住了。

一五｜关于旧衣服和簪的事情

在石榴口外边一个塌了鼻子孔的中年的女人，[149]在绞着手巾。

阿疮：“阿疾姐，[150]你快点上来吧。我虽然是已经晚了，但是为了你，我还是可以奉陪的。”

阿疾：“多谢了。那么我同你一起上来吧。——喂，前几时的那钗子怎么样了？”

阿疮：“是那京式的么？”

阿疾：“嗯，是京式的呀。”

阿疮：“买了。”

阿疾：“买了么？”

阿疮：“嗯。”

阿疾：“我的那个，方棱琴柱的那个，有点过时了，我想把它来改打了呢。”

阿疮：“那么办好吧。不要那方棱琴柱，照我那样改用古式的，做成蔓草花样的细雕刻好了。”

阿疾：“唔，我就那么做吧。近来说是带着捆猴儿的插簪[151]很是时兴哩。我也并不知道，是听货郎担[152]的那个咭哩呱啦的家伙说的。”

阿疮：“那家伙尽说些奉承话，一点都靠不住。还有，到你那边去的，那竹马担[153]要是走过的话，请你来叫我一声。”

阿疾：“竹马担么？那个卖零剪的是没有预备着什么像样的东西的。昨天的确是走过了。傍晚时候我留心等着好了。你买些什么？”

阿疮：“只要有半身[154]的材料，可以做成一件妖精衣服[155]来，这是我的漂亮想头呀。还有，想补充坎肩的肩胛部分，看有什么粗织条纹布，买一点也好。”

阿疾："这样的物事会得有的吧。因为是很寒伧的卖零剪的，价钱倒还适当，就是货色少呀。前几时看见过，有甚三红绸材料的过时货，[156]是个全身，讨价说是两铢搭四百，[157]还他价钱还可让去些。如果价讲好了的话，我们来分它个半身吧。"

阿疮："哼，那是好的。三件头[158]如果不是亮眼的买，回头就会不中用的。"

阿疾："是啊。前些日子拆开布袍的里子，什么地方手一碰着，就都要破了。光只穿了一个冬天，那么样真是要不得。而且，这还是去年里买的三件头呀。还有平常穿的衣服的裾沿，用秩父绢[159]是老要磨破，今年改用了茧绸[160]，很是结实，好得多了。你那里的香八[161]老板，也给他这样做了穿着好吧。"

阿疮："这么办一定是很好吧。"

阿疾："喂，阿疮姐，这是别的事情，因为刚才说到钗子，想了起来了。因为什么都是古时的式样流行着，所以簪子不久也会得流行起古时的式样来的吧，货郎担这么说，拿样子给我看来。这个，我且来画出来看，不能画得好，只是样式罢了。"在地板干燥的地方，手指蘸了小桶的水，用指尖画了出来。[162]

阿疾："你看这个，正是这个模样。很是奇妙吧。更长些，大些的也还有。这是玳瑁的。这里有那斑斑点点的东西哩。"

阿疮："哎呀，哎呀！这是怎么的？这才真是古式的簪子哩。哎呀，哎呀，这怪得很呀。"（图一）

阿疾："还有这个模样的呢。这么，这样，这样，这么一来。奇妙吧？正像是篦子的样子。"（图二）

阿疮："是这个么？我倒以为这是弹三弦的拨子呢。哦呵呵呵呵！"

阿疾："还有这样的，这样的，说是有。说乡下的老太婆们所戴的。"（图三）

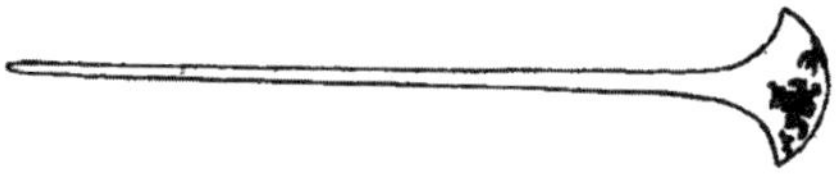

图一

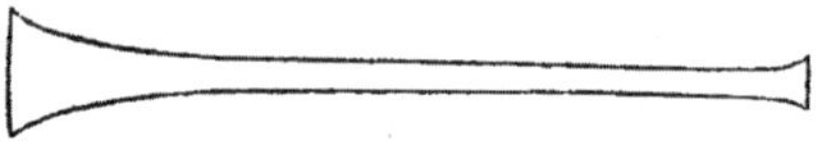

图二

图三

阿疮："真是的，是古风的东西。新式的花样用完了，就又回到古时去，不久这样的簪子会很时兴的吧。"

阿疾："阿哈哈哈！"笑着一面用手指画来画去，把这些都涂抹掉了。

一六 | 关于祝贺的谈话

这时候一个傲慢自大的大娘，梳着时兴的变样岛田髻，抱着浴衣，走了进来，向着二人开腔。

傲慢："哎呀哎呀，你们来了么？很是安静呀。"

二人："这几天没有见到您，您身体好么？"

傲慢："是呀，不知怎的种种喜事重叠的来，你且听听吧。那个大隐居[163]的夫妇，一个是一百零五岁，一个一百零三岁了，要从头的庆祝。"

二人："这是恭喜的事情。"[164]

傲慢："这之后，中隐居做十八岁的米寿[165]。"

二人："这是恭喜的事情。"

傲慢："这之后，你且听听，其次的隐居七十岁。"

二人："那是恭喜。"

傲慢："他的太太是六十一岁的花甲重逢。"

二人："重重的恭喜的事。"

傲慢："他的妹妹的六十岁寿辰。"

二人："真是恭喜。"

傲慢："我家里人的五十岁寿辰。"

二人："真是恭喜。"

傲慢："当头孙子的七岁祝贺。"[166]

二人："哎，这真是恭喜。"

傲慢："第二个孙子的五岁祝贺。"

二人："真是，真是恭喜的事"

傲慢："小孙子的三岁祝贺。"

二人："真是，这又是恭喜的事。"

傲慢："重重叠叠的喜庆事情，现在来拍着板唱一下子吧。"

二人："这个且来拍着板，唱一下子吧。"

傲慢："留发，着袴，解带子，冠礼，娶妻，嫁女婿，还有添儿女！[167]

二人："恭喜，恭喜，真是恭喜，而且，咦，又是乱来的恭喜！"

傲慢："七珍万宝，结实装满的库藏，数目是十千万所！"

二人："真是恭喜，结实装满的恭喜，数目是十千的恭喜，嘴里说不尽的恭喜，在恭喜的春天初开笑口的当儿，表示恭喜的意思。"[168]

注释

[1]“大娘”系借用南方方言意译，原语系指一般中流及以下的人妻，也可以用于对称。此语本来也可译为普通通用的“太太”，南方民间称出嫁的女人为“太太们”（并非太太的多数称），便是一证，但因易于误解，所以改用别的译语了。

[2]腌小菜大抵是用萝卜黄瓜腌制，一般是放在糠味噌里边，这或可译作糠糟，乃是用米糠和水加盐，以腌各种瓜菜。旧称这种小菜为香物，虽然本无香料，俗语或转为“香香”，上加御字。

[3]这里说阿泥是妓女出身，俗语说“泥水生意”，名字也含有此种意义。江户旧例，吉原妓女使用一种言语，与江户方言稍有不同，但这里所指并不是这个，只是语音小有差异而已。

[4]这里叙说有点缠夹，大概以下系男人所说，虽当初要添买酒来，后来生气，故说话相反。

[5]“阿咧”系译意，原语云obeso，系指小儿咧嘴欲哭，本文说她哇哇的哭，所以使用这个名字。

[6]汤罐实在是热水壶，搁在炉上，专供烧开水用，大抵是圆形或扁圆形的。茶炉只是木箱装灰，中置炭火，有铁架上放汤罐，不是正式的炉子。

[7]蛸字系原文如此，义云章鱼，北京称八脚鱼，因有很大的吸力，旧时日本以称女人。中国无适当译语可用当人名，姑从原本，据

《尔雅翼》亦可作鱼名，虽然所指乃是别一种乌贼。

［8］原文直译意云，也是有虫子的，这虫字是指心胸里的一物，这里可解作心或魂灵，如云虫子不答应，即是说心中不许可。这虫字的由来，可能与中国古时道士派所说的“三尸虫”有关。

［9］参看二编卷上注［159］。

［10］意思是说能说能做，这本是成语。中国俗语说，有几张嘴也说不清，意思略有关系。

［11］“太太”原文云“山神”，系人妻的别称，意含诙谐，有可怕的意味在内。此字起源未详，一说人妻通称（如上文注［1］所说）可以写作“御神样”，由此衍化而出，又山神例系女性，故有是称。所谓劫系用佛教语，即是说岁月，民间相信各物多经年月，能成精怪，这里即是说在太太们中多有经验，成了精的了。

［12］“泥水”见上文注［3］。艺妓娼妓歇业，均称为洗脚，意思即是说离开污泥了。或云此与“青泥莲花”的故典有关，恐涉牵强。

［13］日本屋内垫着草席，打扫时所用有别一种扫帚，棕榈皮所制，柄用竹竿，故可用以打人。

［14］“乌青”系借用方言，即医生所谓内出血，因殴打磕碰，表皮不破，现出青黑伤痕者。

［15］原文云“亭主”，源出佛经，意云旅亭之主，转用于家主，后来专指丈夫，通用于中流以下的社会。中国南北方言虽有掌柜与老板之称，不大适宜于商界以外，今借用“当家人”一语，似尚可通。

［16］中国谚语也说“灯台不自照”，乃是讽刺一个人不知道自己的缺点，这里阿舌有点用得不恰当，意思仿佛正是相反，因为她的本意是说家里吃亏没有办法。第二句日本谚语的意思多少相合，因为这是说总是家里好，即使是把锅子当铜盆使用也罢。

［17］“心地”系意译，原文直译当云“魂灵”。

［18］大津绘系古时大津地方所出产的一种民间绘画，用单纯的颜色，拙朴的笔法，画出各种图像，卖给当时过路的人。寿星在日本称“福禄寿”，照例画作头顶很长的老人，表示长寿的象征，大津绘中特别画得滑稽，寿星正在剃头，因为太长，剃发匠架起梯子来，站在上边给他剃着。这里说寿星，特别涉及大津绘，即是为此。

［19］“罪过”借用佛教语，寿星虽然不是什么大神道，但这么的说总觉得有点不敬，所以也是罪过。

［20］本来可云老狐狸，在日本却是狐狸有分别，大概狐高而狸低吧，这里也就依照原意了。

［21］指南针里的针指着一定方向，无论怎么摇动，总还是方向不变，这里是比喻总是躺在那里，正像那磁针一样。“一百文买的马”意思说本来不是良马。

［22］意思是说不肯动一动手，把竖的东西放倒，与把横的东西竖直一样，只是拿动什么东西而已。

［23］“果报”原文如此，今故承用，意云祸福。这本是定命论的说法，因果报应悉由天意，人力无可如何，只可静静的等它到来，这里却引伸为好运自然会来，不必着急，专当作好的一方面解释了。

［24］原文说“毫不在乎”与“都不理会”等处，均使用俗语，即将文句变作拟人句，表示诙谐，译语无法保留，只好都译意改作普通说话了。

［25］原文云“荫辨庆”，意思说一个人背地里特别在家里很是刚强，一出至外边便懦弱不中用。辨庆系戏剧中勇猛的人物，参看前编卷下注［91］。

［26］这大概是一句俗谚，说泥垢出在身上，也与本人有关，不可轻视，乃是极端个人主义的说法。

［27］黄色的声音是尖锐的高音，白色的据三田村氏说乃是没有板

的。在前编卷上第一段中有此语，即依据此说译为“脱板的”，但此处因为下文有“五色”云云，所以保留了原语了。

[28]《积恋雪关扉》系常磐津调的净琉璃的一种，至今流行，通称“关扉”（seki no to），与“款冬心”（fuki no to）读音相近，所以这里连带说及。剧中说良岑宗贞与女歌人小野小町在相逢坂关门相见，关官乃是大伴黑主。这三人都是古代有名的歌人，宗贞后来出家，称僧正遍昭，与小町及黑主，均列名于六歌仙。

[29] 骂唱歌的是病人，比作发疟疾，所谓“发作”便是说疟疾定期的出现，即每日，隔日，或间隔两日，俗称“四日两头”，或三阴疟，最为严重。

[30]“石榴口”见卷头“大意”注[7]。

[31] 铁棒是旧时查夜的人所拿的一种器具，大概模仿佛教的锡杖，在棒头装有五六个铁圈，拖在地上时铁圈琅琅发声，用以警戒行人。后来俗语转用于好说闲话的人，往往把小事说得很大，或倒乱是非。

[32] 此句直译，意思说不管人家的事。

[33] 兼房是旧时工人的名字，创始用黑茶色染出细碎的花纹，盛行一时，便以兼房为名。这里是形容老人脸上的皱纹，柿漆纸比喻脸色。

[34] 原文云“癖”，平常可说是脾气，但这里含有坏脾气的意味，所以改译了。

[35] 原文是对男孩的敬语，今译作北京的方言，这与普通所谓少爷稍有不同，大概只是较为客气的名称，北京人常称自家的子女为少爷姑娘，贬称则云小子与鸦头。

[36] 日本人信奉佛教，旧时老人多剃发，不问男女，但虽云出家，却仍住家中，服装也不改变。

[37] 女孩在公馆当差，参看二编卷上注[110]。在那里使用一种宫廷式的语言，大抵除字面优雅外，特别是助词敬语，译文中无法保存。

[38] 公馆里当差的上级是“上房使女”(奥女中),她们各有房间,也还有人供使令,这便称作“房里人”(部屋方),意云使女房间的用人。

[39] 徒弟名叫作“胜”,原文下加一殿字,写作胜殿。这殿字平常也写在人名下,读法稍有变化,作为敬称,但在这里乃是相反,用于下属,与“小胜”多少相近。这一家带着徒弟出来,表示是一个大商家。

[40] 日本和服系斜领,腰间系带,因此怀中可以存放好些物事。

[41] 原文云“御隐居样”,参看前编卷上注[65]。

[42] 原文中回答的话约有三样,意味不全相同,译文只好混写作“嗳”了。如少女口中的 ê,中国有音无字,写作“呃”,不大好看,译“嗳”还可以适用。别一种曰ai,音可作唉而并非叹气,故不能用。又一种hai,更为郑重,译为“是”往往语气难相合,译作“喳”则只宜于仆役,所以凡是女人所说这些答词,一律都写作“嗳”了。

[43] 原文云“御新造样”,乃是从船只转变出来的用语,最初是指新妇,后来通称于中流人家,意义略等于俗称少奶奶。

[44]“大娘”原文云“女房”,系指人妻,北京俗语“媳妇儿”意正相当,因恐与上文媳妇相混,故从改译。

[45] 这与晚饭不同,据三田村氏说,大概在晚间八九时所吃,与上海所谓宵夜相近。

[46] 原文云“没有什么说得的”,即是没有缺点,今改译为正面的说法。

[47]“我的主人”是指弥寿的旧女主人,即上文中的媳妇,原文系用男性字,盖因公馆中习惯如此。至云“我们的主人”,则是说少主人。

[48] 原文系游玩字,通常解作狎妓,与中国说逛窑子的逛正是相同。

[49] 日本俗语“收买破烂”,系指滥淫者,不问对手上下好坏,

一味胡搞的男子。

［50］日本自德川时代以来，各都市大都设有公娼，称为游里，因此养成一种风俗，觉得男子狎妓不算什么，只不要破家亡身便好。这上边又加上男尊女卑的封建道德，所以便是女人也多少接受这种思想，沿至现代也还未能改正。

［51］《忠臣藏》全名为《假名手本忠臣藏》，意思是说众多忠臣的库房，可以为人模范，旧时书塾中习字使用范本（手本），上写字母（假名）四十八字，加在题目又以影射四十七人的义士。本系竹田出云等所编，为净琉璃的义太夫调，也用于歌舞伎，至今流行，为世间所欢迎，号称戏曲上的独参汤云。

［52］参看前编卷上注［17］［18］。高师直与盐屋（亦作盐冶）高贞系历史上实有的人物，十四世纪日本南北朝之战，师直为北朝将军足利尊氏的部属，破楠正成，杀盐屋，曾建大功，而骄奢淫逸，终以败亡。《忠臣藏》所演却是别的报仇事实，只是假借古人的名义而已。这本事乃是所谓赤穗义士四十七人给主君复仇，同时赐死，是轰动一时的大事件。元禄十四年（一七〇一）三月，赤穗城主浅野良矩与别一诸侯吉良义央争论，在殿上将吉良斩伤，因此赐死除封，浅野的家臣大石良雄等蓄意报复，至次年十二月才得成功，攻入吉良公馆，把他杀了，这四十七名武士因为犯了国法，悉被命切腹自尽，但是在封建道德上强调主从君臣的关系，所以社会上又加以表扬，在日本战败之前芝区泉岳寺四十七士的墓前香花不绝，《忠臣藏》的故事歌曲也长在人口的。

［53］四十七士的领袖大石良雄，《忠臣藏》中化名为大星由良之助，他的儿子力弥与加古川本藏的女儿小浪订婚。本藏系桃井若狭之助的家臣，当盐屋砍伤师直的时候为他所抱住，以此为由良之助所恨，主张毁约，本藏乃化装乞食僧，故意让力弥刺伤，并手赠师直公馆地

图，以便报仇，婚事乃得复成。

[54] 这是旧时谚语，谓父母对于子女一味爱护，了无辨别，有似痴呆。

[55] 早野勘平是盐屋家的一个家臣，阿轻是同家的一个使女，互相恋爱，结为夫妇，盐屋败亡后遁居阿轻的乡里。因为报仇需用，阿轻情愿卖身为妓，由其父与一兵卫携回身价银一百两，途中为师直恶党斧九太夫的儿子定九郎所杀，将银子夺去。不意又与勘平碰着，被认为野猪，用枪打死。但勘平却复误会，以为是他自己打死了岳父与一兵卫，因而引咎切腹自杀了。

[56] 鹭阪伴内是师直的家臣，因为师直是恶人，戏中扮作大面，伴内是他一党，所以也是滑稽的脚色，略与副净相当。他也恋慕着阿轻，一贯地尽忠于主家，也显得颇有本领。

[57]"生旦脚色"原文云"濡事师"，谓专演男女情事的戏角，此类情节称为湿事。

[58] 日本旧制武士以上犯罪，例当赐死，即切腹自尽，其罪重者始处斩。这是一种野蛮凶残的习惯，直到十九世纪后半，明治维新后始废止。

[59] 旧时日本中流以上各家均有定纹，即是一家一族通用的徽章，大抵圈中画成种种图样，以植物为多，用具次之，动物极少。这描在器具衣饰上边，以作标帜，近代只通用于礼服上，有三个纹五个纹之别，施于两袖上侧及背心，又于左右襟各着一个，则由三纹而变为五纹了。

[60] 定九郎见上文注[55]。定九郎将与一兵卫刺死，夺去银子，所以下文称为勘平岳父的仇人。

[61] 这两句当是勘平所说的原文。旧时习惯凡接受上头赏赐，或稍为珍贵的物事，受者照例低头，将赠物双手高举，作出要去顶在头

上的样子。至今妇女小孩的语言里还说接受为“顶戴”，一般敬语也说作“戴”还是这做法的遗风。

［62］根据封建道德的三纲，为了君父的缘故，妇女把自己的性命和贞操都该牺牲，这里阿轻因此助成勘平对于主君的忠义，所以也算是尽了情谊了。一般说来，女人表示衷情只是自杀，或是双双情死，旧时即称为“心中立”（意思即是表示心中），本文中说阿轻好像专为了勘平去卖身，那是与事情不合的。

［63］条纹腰包以下系是戏曲原文。上边说有条纹的布所做的腰包，原文连说下去直译是条纹的黄金，但黄金不好说有纹，而且论理一百两也应当是银子，恰好有纹银这句话，所以改译了。四十九天系民间俗信，根据佛教的话，人死后七七四十九天的期间，魂灵在中阴逗留，未能径入阴间，所以须得家属给以供养。这里说两个四十九天，是指与一兵卫与勘平两人的七七供养。

［64］平右卫门是与一兵卫的儿子，参预报仇的事。据赤穗四十七士的事实，参预的人无侥免者，这里说平右卫门回去做了浪人，或者因为是桃井家的家臣的缘故吧。

［65］阿轻做了尼姑，戏曲中未见说明，据出口氏注，大概只是依据情节，推测出来的吧。

［66］日本妓女期限，通称“苦海十年”，这才算是满期，可以自由，赎身自是例外。赤穗事件前后不过两年，离满期还远得很，这里只是闲人闲谈，不能认真，如下文改名字一节，亦是一例。

［67］这“急事”系直译原文，意思不甚可解。

［68］日本旧例，凡妓女均不用本名，改用别名，称“源氏名”，有如《源氏物语》中所出现的人名。据所见天保十年（一八三九）刊《吉原细见》中所载，例如薄云，谁袖，浓紫，春日野之类。

［69］这里说“容貌凛然”，当是依据戏台上所表现，或是见于戏

文画的吧。

[70] 在本编出版后的第二年，三马刊行一册戏评，名叫《忠臣藏偏痴气论》，末四字可以译作“怪论”吧，发表他特别的人物评，与这里所说大概相同。作者对剧中人物悉加批评，惟称赞伴内一人，据出口氏注所引，有云：“呜呼，忠臣鹭阪氏，泥中之莲，沙中之金，唐土之豫让，本朝之伴内，和汉两朝惟有二人而已。”

[71] 出口氏注云，一力系影射京都祇园的万屋茶室，萬字写作万，再拆作两字，仿佛是一力了。

[72] “琴拷”是戏曲《檀浦兜军记》中的一出，叙源平两家争权，平家败亡后，遗臣平景清蓄谋行刺源家首领赖朝，遍找不获。源家官吏知道景清有所爱妓阿古屋，便去捕她前来，查问景清的行踪。岩永主张用刑严讯，重忠却不赞成，只叫她来对官演奏三曲，使用琴和三弦以及胡琴，试探她说话的虚实。结果她泰然自若的奏乐，便表明她所说非假，得以放免。论理是重忠岩永一好一坏，是非显然，但这里作者也照样要发别扭的怪论，与《忠臣藏》的批评是一致的。

[73] 这里是指现在的少主人，即上文所说那媳妇的丈夫。

[74] 日本俗语称守财奴为生姜，据说因为他一手抓紧了钱，样子与生姜相像的缘故。

[75] “奈何街”原文云“奈何之町”，系指新吉原的仲町，音读相通，那里多有“引手茶屋”，直译可云拉纤的茶室，旧时狎客与妓女在此相会，早上由妓馆回到茶室，吃过早餐，再回家去。汤豆腐系用上制豆腐，在白汤内煮，炖在火上，蘸作料酱油来吃，是很清淡的食料。这里意思即是说不玩过吉原，不能理会人情世故。

[76] 日本俗语“摆饭”原意吃现成饭，白占便宜，后来引伸用于男女关系，专指女人主动来勾引男人，至有“摆饭不吃是男子汉的耻辱”的谚语。

[77]“从神”也即是帮闲，因为他们跟着财主大少，好像是从神们侍候着大神一般。

[78]江户住民往吉原有两条路，一是经过浅草观音前面，坐轿子去，二是乘小船通过山谷崛，至日本堤下。

[79]日本俗语，如说一个人懒惰，便举出勤勉的人来，说想把他的指甲煎一点给喝了才好。

[80]这是一句俗谚，说祸福不常，看着为人所抛弃，同时也会有人加以援助。

[81]日本家中略如中国北方，均附设厕所，用蹲坑，只有小孩和病人才用类似马桶的便器。

[82]俗谚原语系“哭的孩子和地头”，女人因音近讹为地藏。“地头”是古时的乡官，地位略如保长，而权力极大，故云。

[83]这与以下好些同类句子均是俗谚，“八尺”原文作“一寻”。

[84]日本旧俗极看重寒天，这并非泛指，乃是说阴历上的小寒大寒，此三十日间称为寒中。民间信仰多有寒中修行，运动员有寒中练习等，这里是说气候与疾病的影响关系。

[85]这俗谚说妇女生产，事前担心感觉危难，但事实上并不如此。

[86]这是佛教思想的谚语，说人生无常，这里却用得不恰当，因为这句话平常总是用在消极方面的。

[87]鳑鲏是南方河中常见的小鱼，也可以食用，但极不值钱。原文写作鳀字，古义训作大鲇鱼，其重千斤，显然不合用，因为日本借用作沙丁鱼解，现今中国虽已通用沙丁鱼的名称，但究系外文译音，也不适用，所以意译改写了。

[88]俗谚原语云“三岁孩子的魂”，谓一个人从小到老，不会得改变。

[89]俗语一作“瞎子不怕蛇”，似更合理。

［90］与“有钱使得鬼推磨”的俗谚意思相同。

［91］出口氏注云，原意是说借给别人一百贯，只有一顶箬帽做抵押，所出多而所入少，这里用的意思不一样，乃是说一百贯的钱只剩下箬帽而已。

［92］出口氏注云，此系算盘上用语。这里说经济困难，无论怎么盘算，都没有办法。

［93］俗谚云，背着的小孩还不如抱着的小孩，意思就是说爱怜小儿女，因为年岁较大的背在背上。这里经说话的人改编过了。“家主公”系借用江南俗语，原文云“亭主”，出口氏注云，亭主者旅亭之主，《楞严经》云掌亭人名为亭主，俗乃以称家主，后又称丈夫为亭主。这名称现今仍通用于中流以下，与“家主公”的意味与使用范围大致相合。

［94］因为肚腹是紧要地方，所以不能同背脊掉换，这俗语的本意是说“害之中取小”。

［95］原文云“味噌漉”，因为日本家庭用以滤味噌酱汁，系一种小筛，上用罗圈，以马尾编网作底，亦可作小笸箩用，拿了去盛豆腐之类的东西。

［96］原文“人家的事”，即是佣雇工作。但如本文所说，看病余暇既已用于裁缝，那么别的佣工也就不大可能，或者是指洗濯等事吧。

［97］浅草地方的观音寺本名金龙山浅草寺，系七世纪中有渔人从水中网起观音的金像，高只有一寸八分，却甚见崇信，成为江户最大最有名的寺观。

［98］这“可怕的”字里含有尊敬感叹的意思，与文言“可畏”多少更相近。

［99］本意说寺如尊贵，寺门也就考究华丽，即从外观也可以知道。

［100］日本旧时均用中医方，通称汉法医，一般医生均自备药材，配药卖给病人。医生生意兴隆，病人家去取药，往往要等候很久的时

间，讽刺诗川柳中有云，睡着的是那第一个取药的人，可知一斑。其次是医生随带药箱，在病家开方，即按方配药，大抵由一个助手给他背药箱前去，这里所说却又特别简单，似乎连药箱也是大夫自己背来的了。

[101] 豕右卫门即是前编卷上所说的瘫子豚七，这可以说是本名，豚七乃是通称。

[102] 原文云“代脉”，亦称代诊，本是在跟着医生学习的书生，往往出来代理诊察，不为病家所欢迎，那正是很当然的。

[103] “阿糟”原文写作“阿粕”，虽然其训读原与糟字一样，阿糟阿糠都是老太婆的女儿。

[104] 这句话原本出于庄子，尧回答华封人的三祝，说寿则多辱。日本经兼好法师在《徒然草》上引用，流行得很普遍，所以连老太婆也都知道了。

[105] 谚语全文云，女人聪明了，牛卖不成功。这大概原来有一件故事，今不可考了。

[106] 这里译文系将kowai一字，解作甲义“可怕”，虽然文句不大顺遂，与下文“都是为了儿女”相应，也可解释得过去。三田村氏注则将此字解作乙义“强硬”，说是强情即执拗，那是在指着阿糟一方面说了。

[107] 建立大般若经，参看二编卷上注[105]。

[108] 捐助的钱不是一总付给，却是每日来收取，各付若干文。

[109] 金毗罗见前编卷上注[51]。成田老爷指千叶成田町神护新胜寺里的不动明王，这是佛教密宗里的神，说是大日如来为了制服恶魔而现出的愤怒相，在日本甚见崇信，通称不动尊。大山在神奈川县，亦称雨降山，有神社崇祀大山祇神，是日本的神道，通称石尊。江之岛祀辨才天，参看二编卷上注[152]。鹿岛有鹿岛神宫，崇祀日本的

神道，奉为军神。汤花会据三田村氏说，乃捐助资财，以供茶汤与香花的一种总会。出口氏别有解说，但结局弄得与鹿岛会混杂不清，所以用了三田村氏说，虽然或者也未必确实。

[110] 日本寺院除佛教巨像外，大抵安置龛内，外垂帐幕，不能看见，每年有一定期日，始开帐几天，任人观览礼拜。俗语转用，如妇女蹲踞洗濯，或小孩游玩，衣裾散开，露出前面，亦称为御开帐。

[111] 中国俗谚有"跌倒就坐坐"之语，这里却是说敏捷，爱占便宜的人，跌倒了也就趁便得到什么，才肯起来。日本又称艺妓卖身为跌倒，这里也或者含有相关的意味，川柳有句云：跌倒了捡到金二步的好孩子。金二步即是半两银子。

[112]"大姑娘"原文云"乙姬"，日本民间故事中有浦岛太郎到龙宫的传说，这乃是龙王女儿的名字，所以这里是说上古时代，与古风相应。出口氏注引山中翁说，江户儿歌有云：伊滴克，伊搭克，太夫老板啊，乙姬小姐在澡堂里被挤住，听她的哭声道，清清摩伽摩伽，哦削里科削里科。可见乙姬与澡堂有关系，所以舀热水的人这么的说。小孩游玩，弯起一脚，只用一脚跳走，称为清清摩伽摩伽，其他有音无义的词句不能悉详。

[113] 出口氏注云，普通澡堂所用的雇工多是北方的越中人，现今东京澡堂的主人亦仍以越中人为多。北地乡间人照例比较迟重，这人却能说会道，近似江户子，所以说是希罕难得。

[114] 日本俗语云七转八起，即跌倒七回，爬起八回，初谓人生升沉无定，后来说是抗争不屈。这里利用发音近似，说成"汤屋转寝起"，也是当时江户子所爱玩的一种把戏。

[115] 出口氏注云，旧时称发为梳，因对于贵人的头发不便直说，所以间接指发梳为代，乃是古代封建遗风，在旧式人家仍在袭用。

[116] 江户时代武士以上阶级用语与平民不尽相同，在对称敬语，

名物称呼之外，也还多有，如是曰正是，那么曰然则，皆是。

［117］这里上下两节对话，原文全用市井俗语，特别除动词本身外，一一使用“反敬语”的助词部分，除来去可用“滚”，喝酒可用“灌”外，译文无法表现，只好仍写作平常口气了。因为特地要这些说，说了一大串，所以末后气息不属，觉得很累了。

［118］擦澡布以前多用羽毛纱小片，包在手巾一角的上边，蘸水擦身，善能起垢，胜于海绵。

［119］原文“这样，那样”都下连动词，而这动词系专用敬语“使游”（asobasé）一字，平常可以替代“为”字，亦并加在别的动词底下，表示尊敬，实在却是麻烦讨厌得很，例如散步，说成“御散步使游”，想起来是无意义得很可笑的。

［120］这里阿圆叫出她的名字来，原文云“阿贝卡”，没有适宜的字可译，姑与阿圆相对，意译为阿方。

［121］海碗系比饭碗更大的陶器，因为当时系从中国方面输入，故称为南京海碗。

［122］原文“本家”，用于家族上是大宗这一支派，用于商家则是起首老店，这里大概兼用这些意思。

［123］《早变胸机关》中本三册，文化七年（一八一〇）出版，也是三马的一种重要著作。

［124］作者在书中出面说话，是古时小说的一种手法，这里更利用了直接作广告，那是三马的特点，后来别处还宣传他所发卖的药品，更是进了一步了。作者虽然预告本书三编的内容，可是才隔了一年三编出版，所说媳妇婆婆的说白却并没有，大概在写作的时候已经把广告说过的话忘记掉了。

［125］参看前编卷下注［63］。这里并无什么特别用处，只是模仿戏台的开场，说起话来而已。

［126］唐儿即是说中国小孩，这是旧时小女孩所梳的发髻，顶上作双环。

［127］日本在维新前男人均剃去前额及头顶一部分头发，小儿则剃去四周，女孩亦然，只留上头，亦可以挽髻。

［128］原语说是“太是出奇”，叫人听了惊异得发呆，今意译了别的一句话。

［129］出口氏注云，广岛出品，用黄铜所制的开水壶，上面多雕出云龙模样。

［130］“盘货”原指商家在某一期日，将店中存货盘查一过，引申作为列举别人缺点，有如将架上搁着的货物，一一拿下来报名，所以原语意云“卸架”。

［131］这是头上的皮屑，浮在头发中间，与一般头垢不同，日本旧用汉字“云脂”，似系中国传去的别名，似无可查考。

［132］鹿角菜日本相沿用汉名鼠尾藻，系一种可供食用的藻类，色黑，枝干歧出，故名。麻豆腐与北京用绿豆滓所制者不同，乃是豆腐中和以白芝麻，日本名为白和。

［133］日本房屋盖是南洋系统，地板离地面颇高，大抵有一尺许，特别在檐前廊阔二三尺，下有空隙甚多，因板廊称“缘”，故此名“缘下”。在中国无此类构造，亦遂无近似的名称，如日本俗语谓出力无人见为“缘下用力”，在中西房屋中均无例可引。

［134］拖铁棒见上文注［30］。查夜人兼管火警，如遇市中有火烛，便报告住民，说明远近，如距离远则云远哩远哩。这里上句说她到处多嘴，说人是非，是拖铁棒的本义，下句又利用远哩的话，说她耳朵不灵，因为日本语说耳朵远意思即是说有点聋了。

［135］锅屋药普通称为锅屋带，亦称虱子带，锅屋盖是药店的字号，在布条上涂上一层灰黑色的药，系在身上可以辟虱子云。本文说

搽，因为不说出是带，所以当作平常药膏，其实这种药是不可以涂在皮肤上边去的（据冈田甫的川柳末摘花注解）。

［136］据出口氏注云，一名八方散，凡赘疣红黑痣，白癜风白云疯均有效。本文所说，似可以疗治腋臭。猢狲眼儿系骂人眼圆而凹下。

［137］原文云“诺诺萨玛”，日本小儿语称日，月，神，佛均为“诺诺”，后加敬称“萨玛”，中国因别无小儿用语，故无适当译语，今只好译其大意而已。

［138］意思叫他摇头表示。

［139］舔娃娃是指一种用木头或陶器做成的玩具，形似洋娃娃，但一头可供婴儿用嘴去舔，有地方便直叫作oshaburi，意思即是御舔或阿舔。一律四文的娃娃系四文均一的廉价玩具，不论何物每个均售四文钱。

［140］番太是番太郎之略。当番即是值班，凡值班在看守着的便都叫作番人，诙谐的去当做人名，又改成番太郎了。这里是指江户时代的制度，在街道上分区设置番小屋，即是番人值班的公所，里边住着番人和他的家眷，晚上拖着铁棒查夜，平时传达公务，有似巡丁兼任地保。收入当然很是微薄，所以番太郎那里往往带卖种种杂货，如草鞋，扫帚，火盆，草纸，蜡烛，据下文可知也卖炭结。又在冬天售卖烤白薯，夏天则卖金鱼，小孩所用玩具，及粗点心，亦有寄售，大抵四文一件云。

［141］“炭结”本应据古文作“炭墼”，《吴下田家志》载九九消夏谣云，九九八十一，家家打炭墼。今从俗写作结，北京今称炼炭。

［142］出口氏注引山中翁说，此系今户的泥烧玩具，在达摩肩上坐着一个系肚兜的赤体小孩。

［143］愚太系愚太郎之略，乃是小孩的小兄弟的名字。“官”字原文作“样”，是普通的称号，无适当的译语，南方方言称小孩为阿官，

似尚可利用。

［144］《伽罗先代萩》参看前编卷下注［19］。乳母政冈一心为了小主人鹤喜代，甚至牺牲了自己的独子千松也在所不惜，终于成功，是民间最得人同情的一个戏剧中的人物。

［145］岩井半四郎系当时一个名优，原文写作“半四郎”，注音却是大和屋，这乃是他的字号。

［146］上文末了这一句原本说是很是郑重拉长，与讨饭婆子高叫“请赏赐一点儿吧”有点相像，所以乳母这么的说，译文也只用意译了。

［147］日本家族制度根据封建礼法，偏重大宗，照例一切家产悉归长男，作为嗣子，次男以下均不得分享，例须分出去自立门户，或给人家当赘婿与养子。又子女分长次系男女分算，不像中国的以年岁计，所以男孩即使生在第四，也称长男，上边的三个女儿则依次称长女次女三女，嗣子的权利还是属于男孩。这里依日本惯例，愚太郎虽生在第二，却仍是长男而非次男，其名字便是证据。乳母所说只是帮助那小女孩的话，与事实是不相符的。（例外的事如长男荒唐浪费，或别有事情，家长决定“废嫡”，改立别的儿子为嗣，或由女儿继承，招女婿入赘，那也是有的。）

［148］此句系直译，意思只是说你胜得他过么罢了。

［149］原文系指二十以后至四十岁的女人，盖兼盛年中年而言，一般中年是指三四十岁，译文因用壮年不甚妥恰，故只笼统的说是中年。这乃是艺妓出身的女人，因梅毒而塌了鼻子，她的同伴名叫阿疾。梅毒亦称“湿气”，音读疾湿二字相同。

［150］原文在阿疮的说白中，都特别写出鼻音，表示塌了鼻子，但译文中却无法保存了。

［151］插簪是在簪上另插入装饰品，这里所说捆猴儿便是一种。这本系小孩的玩具，与本编卷上第八段中的“猴儿枕头”（注［177］）

相似，不过更小，又四脚捆紧几乎集中一处，与头相凑，一看好像是北瓜模样，除作为玩具外也作装饰用。此处用于簪子上，乃是金属所制的吧。

[152] 原文云“小间物屋”，论理也可以译作杂货店，不过这里所卖的东西比一般杂物还要细一点，大抵是妇女用品，“小间”本是细字的意思，与真是出售杂货的“荒物屋”相对。这里所说又是担了货物兜售的，与中国货郎担很是相似，所以就这么改称了。若不挑担而是店铺，在中国旧时大概该称作香粉店的吧。

[153]“竹马”系直译原文，因为这种行商人所挑的担子便叫作竹马。这是竹笼或箱子，底下有几寸长的四根竹子当脚，可以站着，不怕沾土，所以有此名称。这担子所卖的是旧衣服，零剪布片，所以下文译文中也就称作卖零剪的了。

[154] 日本衣服拆开之后，在大襟袖子之外，总计左右衣身两片，这一片便称作半身。

[155] 据出口氏注云，当是用旧布片拼凑缝成的衣服，有如妖精的蒙混人。

[156] 甚三原系人名，由他创始用茜草染出一种红梅色，“过时货”原文云“八点过的货色”，旧时八点即现今的午后二时，过了中午已久了。

[157] 银二铢即一两的十六分之一。“四百”原文读作“一串”，据出口氏注云系用宽永四文钱，一串百文，作四百文使用。

[158] 出口氏注云，系指棉衣拆开，表里两枚之外，另有棉絮，故有此名。三田村氏则谓是单衣，三件系指衣身，襟与袖子，说似更为简要。

[159] 用作衣里的绢材，出在秩父郡地方。

[160] 出口氏注云，从中国输入的一种绸类，系用柞蚕的丝所织。

[161] 这当系阿疮的丈夫的名字，原文作“不我八”，不大像人名，

译文勉强找寻同音的日本方言，换写作香八，字面比较好看。

［162］原文在下边三处附有图画，在旁边并有一个长方框，内有字三行云：这些簪子的图见于贞享四年印本《女用训蒙图汇》中，距今文化七年，已有一百二十四年了。贞享四年即公元一六八七年，算到一九五五年应该相距二百六十八年了。

［163］关于隐居，参看前编卷上注［65］。大隐居，意思是说上一代的隐居，即当代隐居的父亲吧。

［164］这里原文如此，二人同说似不甚妥当，但也不能分出这是哪一个来。

［165］出口氏注云，日本古时自四十岁以后，每十年祝贺一次，至足利时代末期（中国明朝中期）民间始于四十二,六十一,七十七,八十八岁时举行庆祝。米字可以拆开为八十八，故有米寿之称。

［166］日本旧俗小孩有七五三的祝贺，这里分为男女两项，男子在三岁五岁时，女孩在三岁七岁时，大抵于当年的十一月十五日举行。这里说长孙七岁的祝贺盖是为凑热闹，男孩照例五岁时着袴，虽然也有在七岁举行的。

［167］旧时男女孩均于三岁留发，男孩五岁着袴，即古代的裳，女孩七岁系带，因为废去纽带而改用阔长的腰带，故古来称为解带。男儿十五六岁时行冠礼，古时束发加冠，江户时代剃前发结髻，表示成年。

［168］这一段杂说祝贺事情，只是取意于新年说好话而已，因为此类小说常于新正出版，即在本文也多说及，如卷头“大意”末尾便是。

后 记

我译这《浮世澡堂》两编四卷，是当作日本古典文学作品办理的，竭力想保留它原来的意味，有时觉得译文不够彻透，便只好加注说明。这四卷书里，一共有了注六百条，真是太多了，虽然我自己觉得有地方还有点不够。这里我想解说一句，读者中间有只要看故事的，走马看花的读一遍就好，这些注没有用处，就请跳过去好了。若是想要当作外国古典作品去了解它的读者，在译文中碰着不大明了的地方，查一下注解可以得到一点帮助。注已经不少了，可是现在还要来补充一点，说明两二件事。

其一是关于澡堂的。在本文与注中已零星说及，这里再来比较概括的一讲。据久松祐之著《近世事物考》云：

"天正十九年辛卯（一五九一）夏，在今钱瓶桥尚有商家时，有人设浴堂，纳永乐钱一文许人浴，是为江户汤屋之始。其后至宽永（一六二四至一六四三年）时，自镰仓河岸以至各处均有开设，称风吕屋。又有汤女者，为客去垢洗发，后乃渐成为妓女，庆安（一六四八至一六五一年）时有禁令，此事遂罢。"

讲澡堂里面的情形的，在寺门静轩著《江户繁昌记》二编中有“混堂”一篇，用俳谐体汉文所写，颇为详细。第一节总说云：

“混堂或谓汤屋，或呼风吕屋。堂之广狭盖无常格，分划一堂作两浴场，以别男女，户各一，当两户间作一坐处，形如床而高，左右可下，监此而收钱戒事者谓之番头。并户开牖，牖下作数衣阁，牖侧构数衣架，单席数筵，界筵施阑。自阑至室中溜之间尽作板地，为澡洗所，当半通沟，以受余汤。汤槽广方九尺，下有灶爨，槽侧穿穴，泻汤送水，近穴有井，辘轳上水。室前面涂以丹臒，半上牖之，半下空之，客从空所俯入，此谓柘榴口，牖户画以云物花鸟，常闭不启，盖蓄汤气也。别蓄净汤，谓之陆汤，爨奴秉勺，谓此处曰呼出，以奴出入由此也。奴曰若者，又曰三助，今皆僭呼番头，秉勺者曰上番，执爨者曰爨番，间日更代。又蓄冷水，谓之水舟，浮斗任斟。陆汤水舟，男女隔板通用焉。小桶数十，以供客用，贵客别命大桶，且令奴摩澡其脊，及睹其至，番公柝报，客每届五节，投钱数缗酬其劳云。堂中科目大略如左，曰官家通禁宜固守也，男女混浴之禁最宜严守，须切戒火烛，甚雨烈风收肆无定期，老人无子弟扶持者谢浴焉，病人恶疾并不许入，且禁赤裸入户，并手巾罩颊者。月，日，行事白。”

篇中又描写浴客情状，亦颇巧妙，大部分却与《浮世风吕》相似，盖三马著书四编成于文化九年（一八一二），静轩书则在天保五年（一八三四）出版，承袭情形显然可见。如云：

“外面浴客，位置占地，各自磨垢。一人拥大桶，令爨奴巾背。一人挟两儿，慰抚剃头，弟手弄陶龟与小桶，兄则已剃在侧，板面布巾，舒卷自娱。就水舟漱，因睨窥板隙，盖更代藩士（上京值班的武士），踞隅前盆，洗濯犊鼻，可知旷夫。男而女样，用糠精涤，人而鸦浴，一洗径去。醉客嘘气，熟柿送香，渔商带腥，干鱼曝臭。一环臂墨，若有所掩，满身花绣，似故示人。一拨振衣，不欲受汶汶也，赤裸左侧，恶能浼乎。浮石摩踵，两石敲毛，披衣剪爪，干身拾虱。”又云：

“水泼桶飞，山壑将颓，方此时也，汤滑如油，沸垢煎腻，衣带狼藉，脚莫容投。女汤亦翻江海，乳母与愚婆喋喋谈，大娘与小妇聒聒话。饱骂邻家富贵，细辨伍闾长短。讪我新妇，诉我旧主。金龙山观音，妙法寺高祖，并涉及其灵验，邻家放屁亦论无遗焉。”此系同时代文人所写，很足以供参考，补注文之不足，其有琐屑学三马的叙述，古文别扭，今且从略。

其二是关于落语的。落语在日本成为一个定名，在中国可以说即是“笑话”，不过现在没有这一种专门的“说话人”罢了。原板的《浮世风吕》，在标题上头写着两个字道“诨话”，这就表明它是从笑话的系统里出来的。又在卷头一叶插画里，下半画着伙计坐在账台上的情形，（两旁的一幅对子却非日本所有，乃是从《清俗纪闻》卷二抄来的，虽然不知道中国浴堂在清朝是否如此，）上半刻着作者的一段声明，后来编订的人不把它算在本文中间，其实却是很有意义的。原文十三行，今译录于下：

“一天晚上在歌川丰国的寓里，听到三笑亭可乐的落语。照例的能说会道，善通人情，诙谐无比，只可惜其趣向仅能陈述十分之一。旁有书肆中人，同我们一起感觉欢笑，忽发欲望，提议以此浴堂的故事为本，省去花街柳巷的事情，却增补些俗事的可笑部分，请为编写。乃应其所需，先试写男堂之部为前编二卷。”

这里更是明白的说明所受落语的影响，而这说话人更是有名字的三笑亭可乐。据三田村氏说，江户旧有笑话书，有人在路旁摆摊说笑话的，也有两个人对说像是中国的“相声”的，但是独说较长的笑话，而且在屋里的，这在江户成立很晚，而开始的人就是这位可乐。他本来是木梳店的一个工人，本名是又五郎，宽政十年（一七九八）在下谷的一个庙里，同了两三个朋友初次试办，只搞了五天就中止了。到了文化元年（一八〇四）才又在下谷广德寺前的孔雀茶屋，开办夜讲，这以后似乎成功了，但文化六年三马写前编那年，听到可乐的落语还是在朋友家里，这以后才有专演说书落语等杂耍的“寄席”，到了文化十二年，江户市中一总已有七十五处，可见那一时期的落语的势力了。

落语即是诨话，因为笑话说到末尾着落处，有一紧要结束语，使人发笑，这便叫作“落”，所以名为落语。在寄席说落语的情形，我们还是来借用《江户繁昌记》里的话吧，因为这是当时人的见闻，所以很是真实。原文第三节云：

“落语家一人上，纳头拜客，篦铺剃出（案此云剃头铺的徒弟），儒门塾生，谓之前座。旋尝汤滑舌本，帕以拭喙（原注，折帕大如拳），拭一拭，左右剪烛，咳一咳，纵横说起。手必弄扇子，忽笑忽泣，或歌或醉，使手使目，踦膝扭腰，女样作态，伧语为鄙，假声写娼，虚怪形鬼，莫不极世态，莫不尽人情，落语处使人绝倒捧腹不堪。剃出始下，此为一出，名此时曰中入（案即戏半休息）。

于是乎忍便者如厕，食烟者呼火，渴者令茶，饥者命果。技人乃悬物卖阄。早见先生上座，亲方（案如曰老头子，原称同业同帮的头儿，今指落语大家，即前座的师父辈）是也。三尺喙长，辩惊四筵，今笑妙于向笑，后泣妙于前泣，亲方之粹，剃出何及，人情穿凿，世态考证，弟子固不若焉尔。”静轩后七十五年，森鸥外著《性的生活》，写十一岁时在寄席听落语的情形云：

“刚才饶舌着的说话人起来弯着腰，从高座的旁边下去了，随有第二个说话人交替着出来。先谦逊道，人是换了，却也换不出好处来。又作破题道，爷们的消遣就是玩玩窑姐儿。随后接着讲工人带了一个不知世故的男子到吉原去玩的故事。这实在可以说是吉原入门的讲义。我听着心里佩服，东京这里真是什么知识都可以抓到的那样便利的地方。我在这时候，记得了元宝领受这句奇妙的话。但是这句话我以后在寄席之外永远没有遇着过，所以这正是在我的记忆上加以无用的负担的言词之一。”算起来这是明治三年（一八七〇）的事，距今也已有八十五年了。

三马这部《浮世风吕》，加上那别一部《浮世床》，所以如三田村氏所说，可以说是日本的落语小说。他借了澡堂作为舞台，让那些男男女女，老老少少走上台来，对唱说白，表现自己，利用说话人的经验手法，是很巧妙的做法。他又依照书肆中人的说话，省去了花街柳巷的事情，更显出新的机杼来。堀舍次郎（双木园主人）在《江户时代戏曲小说通志》中说得对：

“文化六年所出的《浮世风吕》是三马著作中最有名的滑稽本。此书不故意以求人笑，然诙谐百出，妙想横生，一读之下虽髯丈夫亦无不解颐捧腹，而不流于野鄙，不陷于猥亵，此实是三马特绝的手腕，其所以被称为斯道之泰斗者盖亦以此也。”

但是这落语小说在本质有它的短处，这是无可如何的事情。因为笑话不能说得太长，日本演落语一则不知道要多少时间，我想总不能多过十分钟吧，因此无法写成长篇的小说，要用好些小篇连接起来，又苦于断断续续的，没有贯串的线索。本书每编差不多就要有十个以上的场面，只因为内容好玩，所以勉强撑住的。可是，这如拖得太长了，就难免要显出单调来，这在作者本来也是很明了的。三马最初写的是前编两卷，这表明他原意只想来写两编就完了，但是因为前编生意不坏，所以接下去写了二编，后两年里又刊出了三四编，后边广告上还说有五六七编陆续出版，结果不曾实现，虽然在四编出书之后他还活了九年，直到四十七岁时这才去世。由此可知作者自己知道，这书不能尽续下去，那三四编已经是后来增加，照他本来计划大概原只是前后编男女堂各两卷罢了。这回翻译最初也曾想把四编全部译出，因为译注工作繁重，分量太多了，恐怕读者要感觉单调，也不大好，所以只以前两编为限，如果将来有全译的要求，那时当再考虑这个问题。

其三是关于武士的。日本有批评家说《浮世风吕》只是逗笑，至少对武士没有表示什么讽刺。这批评是正确的，但是替三马设想，这澡堂的舞台上实在没有用武之地，这是可以了解的事。不过一般的想来，日本笑话上的确也少有挖苦武士的。在社会事实上曾经有过市民（町人）与武士的冲突，所谓市井侠客（町奴）与旗下侠客（旗本奴）的斗争一时很是猛烈，经政府弹压这才逐渐下火。

市井侠客首领幡随院长兵卫的故事至今脍炙人口，在歌舞伎上是顶有声名的一出戏。事情过去了，但是游侠的风气还留遗在市井间，特别在博徒与水龙队员那里，本书前编第十八段与醉汉争吵的豪杰可以说是这一路的人物，而那个醉汉虽然不明说，可能代表武士这一流人的吧。在室町幕府时代（十五六世纪）日本狂言里还写过些傻侯爷怯武士，那时幕府奖励能乐狂言，所以似不妨说，而且看的统治阶级以为是在说“他们”，与自己是不相干的。到了江户时代，德川幕府更聪明了，一味提倡儒教，一切“下克上”的表现是不能容许的了。笑话里边偶尔有一两则，如《座笑土产》中“新刀”，其文云：

“有人得到一把新刀，招集朋友说，今天晚上去试这把刀，大家都来看吧。走到人迹稀少的地方，看见在桥上躺着的一个乞丐，映着月光看去，倒是个胖胖的家伙。喂，就试斩那个家伙吧。说着嗖的拔出刀来，拍的一下砍着，大家散开又聚到一起来。主人说，不用这么逃，是斩着了吧？回答说，的确斩着，而且砍着了桥板了。喂，那么去看一下吧！回转来到了桥边，站在乞丐的前后，那乞丐蠢蠢的爬起来喝道，又来打我了么？”

这里不但讥笑新刀之钝，武士之怯，一面也表示武人横暴的痕迹，即是“试斩”。晚上拿了新刀，在路上等独身人经过，把他杀了用以试刀，如遇着武士当然要抵抗，不免互有杀伤，所以这牺牲当然是落在平民身上了。这种笑话到底还是少数，而且它之所以被赏识，还是由于嘲笑钝刀与怯人，仍旧是当作自己以外的“他们”的事情去看的。

不过日本的讽刺文学到底也不曾放过了武士，这班老爷们在讽刺诗川柳上是一个好主顾，虽然大都限定于上京值班的乡下武士。他们土头土脑，穿着浅蓝布里子的衣服，到吉原去逛窑子，到上野浅草的茶摊去吊膀子，到处碰钉子，给予川柳作家许多好材料。可是这乃是属于别一个项目，现在可以略掉不说下去了。

一九五五年，十月

周美和整理